仲間と読む

源氏物語ゼミナール

高田祐彦
土方洋一

青簡舎

はじめに

高田祐彦

この本は、主として大学の演習で『源氏物語』を学ぶ人たちのためのガイドブックとして編んだものです。

『源氏物語』を深く読むとは、どういうことでしょうか、また、そのためにはどうすればよいのでしょうか——この本では、そこに焦点をあてました。基礎的な事柄から、深く読むためのさまざまな着眼点、演習のイメージ、参考文献という具合に広がりを持たせ、基本事項から少し高度な問題まで扱っていますが、できるだけわかりやすく書くことを心がけたつもりです。いわゆるハンドブックのような網羅的な内容をめざしたものではなく、『源氏物語』を読むことのおもしろさそれじたいを、いきいきとした姿で伝えられる本をめざしました。

大学の演習で古典文学を読むということは、気ままな読書とはもちろんちがいます。現代を生きる私たちに、古典文学という一見縁遠いものが豊かな世界を開示してくれるためには、私たち自身のみずみずしい感性とともに、はるかな時の隔たりを越えるための確かな学問的方法をもって読むことが不可欠です。『源氏物語』の場合には、私たちは、千年もの享受の歴史の先端にいるわけですが、そのような態度で臨めば、時の重みとそれすら越えることのできる文学の力とをきっと感じ取ることができるでしょう。

この本は、大学生をおもな読者対象としていますが、大学専用のテキストというわけではありません。大学生だけに限らず、『源氏物語』を深く読みたいと思う方であればどなたにも読んでいただきたいと願っています。研究の領域に関わる踏みこんだ問題もいろいろ取り入れていますので、さまざまな角度から関心が持てることと思います。

『源氏物語』を読むことがどんなにおもしろいか、この本を傍らに置いて、ぜひ実感してみてください。そして、そこから先は、それぞれで『源氏物語』の世界を堪能するさらなる旅に出て行かれることを、心から願っています。

目次

挿画　camelliacamera

一　物語史の中の源氏物語

物語史の中の源氏物語

高田祐彦

一　物語と物語文学

『源氏物語』は、物語が生まれてから、百年ほど経ったところで登場しました。物語ってもっと古くからなかったの？と思われるかもしれませんね。もう少し正確に言えば、「物語文学」が誕生してから、ということになります。

人間が何かを語る行為というものは、遠く古代から存在した営みにちがいありません。それはまた、現在の私たちをも越えて、未来へもつながってゆく、変わらぬ営みでもあります。とりわけ、古代においては、みずからの一族の歴史や神々の歴史などを語り伝えてゆくことが、ひじょうに重要な営みでした。それは、古代の伝承のもっとも正統的な形でした。こうした古代の伝承に比べると、物語は、もっと規模の小さな個人的なおしゃべりをさしていたようです。

そこでは、伝聞にせよ体験にせよ、めずらしい話やおもしろい話が語られていたことでしょう。しかし、そのような個人的なおしゃべりは、本来の性格からいって、文字に書き残されるものではありませんでした。人と人とが会って、その場限りで消えてゆくもの、それが口頭の物語でした。

やがて、平安時代に入って、仮名文字が発明されると、物語は文字を介しても行われるようになりました。もちろん、日常のおしゃべりそのものが仮名で書かれたわけではありません。仮名文字を手に入れた人々は、漢字によって書かれていた日本や中国の古い伝承や歴史に刺激を受けて、それとは異なる新しい世界を文字で綴ってみたいと思ったようです。仮名文字を使えば、そうした世界を自分たちなりに、たとえ荒唐無稽に描いても、咎められることはありません。なぜなら、仮名文字は、公的な文書を記す漢字に比べれば、日常的な用途のための劣った文字だったからです。そうして自由に想像をめぐらせ、現実とは異なる「そらごと」(虚構)の世界を作りだしたのが、物語文学です。もちろん、口で語る物語も、物語文学が生まれた後も、残り続けました。

この文章のはじめに書いた物語と物語文学とのちがいは、以上のような流れによってできたものです。すなわち、物語文学は、仮名で書かれた物語であり、内容としては虚構である、という点で出発しました。その最初の作品が『竹取物語』です。

二　『竹取物語』の登場

『竹取物語』は、九世紀の末頃に成立した作品と見られています。「最初の作品」と書きましたが、本当に最初の作品かどうかはわかりません。ただ、『源氏物語』が『竹取物語』のことを「物語の出で来《いでき》はじめのおや」と言っていること、現存する作品で『竹取物語』より古いものは見出せないことなどから、最初の作品といわれるのです。

『竹取物語』は、物語文学最初の作品でありながら、すでに高い達成を誇っています。文章こそ素朴であるものの、人間の心を鋭く見つめ、人がこの世で生きることのかなしみを深く描き出した作品になっています。ここには、もう神話や伝承の世界のように人間が異界と簡単に行き来することなどない、という現実に立脚したさめた認識があります。物語文学は、人間の世界を描くことに主眼があるのです。

そのような「人間の発見」は、物語文学の持つ画期的な特徴ですが、物語文学が神話や伝承と無縁であるかといえば、そうではありません。一つには、物語文学が虚構の世界を描くといっても、たてまえとしては現実にあったできごとを語る、という体裁をとっているからです。たとえば、『竹取物語』の書き出しは「今は昔」で、『うつほ物語』の書き出しは「昔」というように、かつてあった出来事として語られています。

もう一つは、虚構の世界を作るといっても、何もよりどころがないわけではなく、古くからあった「型」にある程度寄り添っているということです。『竹取物語』の場合、別世界からやって来た女がしばし地上に滞在してもとの世界に戻る、という枠組は、いわゆる天人女房譚の型に沿っていて、これは、『風土記』などの伝承にしばしば見られるものです。とりわけ最初期の物語であった『竹取物語』にとって、話の型(「話型」といいます)に寄り添うことは大切なことであったでしょう。

三　歌物語について

さて、『竹取物語』ができあがった頃、まったくタイプの異なる、もう一つの物語が生まれつつありました。『伊勢物語』です。『伊勢物語』は、比較的短い物語を百余りの章段として集成したもので、十世紀半ば頃に現在の形になったと見られていますが、その原型となる部分は、『古今和歌集』に先立つ九世紀の末頃にできあがっていたようです。

『伊勢物語』の主人公は在原業平である、と言われることがありますが、それは正しくありません。たしかに、業平の歌が多く収められていますが、業平という名前は出てこないからです。一人の男の物語のようでもあり、また各段それぞれに別々の男の物語として読むこともできる、という不思議な物語です。ただし、第一段が「男」の元服に始まり、最終段が死を前にした「男」の歌で終わっているので、全体にゆるやかに「男」の一生をたどっているとはいえます。平安時代には、業平の物語と受けとめられていたようです。

『伊勢物語』は、同じ頃登場した『大和物語』や『平中物語』と合わせて、歌物語と呼ばれます。歌を語ることに中心があり、『竹取物語』のような一続きの筋立てを持った「作り物語」と区別するためですが、それぞれ『伊勢物語』とは異なる特徴をもっています。『大和物語』は、数多くの人物が実名で登場します。和歌説話集と呼ぶ人もいるくらいで、和歌にまつわる事実を語るという物語になっています。また、『平中物語』は、平貞文を主人公として、明確に章段が分かれない、作り物語のような持続性も持っています。

これらの歌物語は、十世紀の中頃から後半に集中して現れました。そこには、歌と物語が大きく接近してきたという時代背景があります。歌と詠み手に対する現実的な関心が高まり、「歌がたり」と呼ばれる歌にまつわる物語が多く語られていたようです。『後撰和歌集』の歌が詞書が長く、贈答歌が多いことや、個人の歌集である私家集に、長い詞書によって物語のような世界を作り出すものが出てきたのも、そのためです。

『源氏物語』を物語史の流れで捉える場合、よく、作り物語の流れと歌物語の流れが合流したもの、という説明がされることがありますが、いささか図式的な説明といわざるをえません。歌物語は、現れた時期が限られているので、作り物語と対等の重さをもって物語史を形成しているわけではないのです。また、現存する三作品がそれぞれに特徴が異なるため、歌物語として一括できるかどうかという問題もあります。

四　作り物語の展開

さて、作り物語に戻りますと、『竹取物語』のあと、現存する物語では、『うつほ物語』まで作品がありません。これは作品そのものがなかったというより、歌物語に押されていたことと、自然淘汰されたこととによるようです。永観二年（九八四）に書かれた『三宝絵』という書物には、物語が「大荒木の森の草よりもしげく、荒磯《ありそ》海《み》の浜のまさごよりも多かれど」とあり、当時、物語が無数に量産されていたことがわかります。それらの多くは、人間以外の生き物を擬人化した異類譚か軽薄な恋愛譚であったとも書かれていますが、すぐれた作品が現れれば、自然淘汰されていくのが実情であったのでしょう。

『うつほ物語』の特徴は、何と言っても長編物語であることです。同じ長編物語として、『源氏物語』は、ずいぶん『うつほ物語』を意識しているようです。もっとも長編といっても、当初から長編に仕立てるつもりで書かれ始めたものではないようで、大きく分ければ二つの物語の系列が合体して長編化を遂げたものです。一つは、俊蔭一族の超越的な琴の技量による栄達の物語、もう一つは、あて宮という女性をめぐる求婚譚から始まる権力闘争を含んだ複雑な人間模様を描く物語。そこには、現実の宮廷秩序を肯定しながら、人間社会の諸相をくまなく掬《すく》い取っていこうとする貪欲な精神が息づいています。物語とは、内容にも形式にも制約のない文学形態ですから、あくなき描写のエネルギーに支えられて次々に物語世界が膨れ上がっていくさまは、いかにも物語らしいといえましょう。

そして、『うつほ物語』より少し遅れて、『落窪物語』が現れます。よく知られるように、継子いじめの物語で、継母と実の父に虐げられていた姫君が、男君に救い出され、はなばなしい復讐を遂げるという物語です。同じ継子いじめの物語では、当時『住吉物語』がよく読まれましたが、なぜか後発の『落窪』が残り、『住吉』は、現存するのは後に改作されたと思われるものです。これらの継子いじめの物語は、分量的には中編というべきで、およそはじめから筋立てが決まっていますので、ディテールのおもしろみが勝負になります。『落窪』は、文体もきびきびしていて、姫君、男君双方の従者が生き生きと活躍するあたり、とても魅力的な作品です。

五　『源氏物語』へ

こうした流れを受けて、『源氏物語』はどのような作品として登場したのでしょうか。『源氏物語』には、それまでの作品から大きく飛躍して新たな境地を切りひらいた面が数多く見出されますが、ここではそれを次の三点に絞ってみることにします。

まずはじめに、これまでふれてこなかった作者の問題です。『源氏物語』以前の物語は、すべて作者不明で、『源氏物語』に至ってはじめて作者が判明します。このことは大変重要なことです。作者不明とはいえ、『源氏物語』以前の作品は、おそらく男性の手になるものです。なぜ男性作者の名前がわからないのでしょうか。男性作者にとって物語とは、彼の文筆活動においてけっして主たるものではなく、彼にとっては、漢詩や和歌で実力を認められることが大事であったでしょう。物語創作に手を染めた作者は、むしろ自分が作者であることを隠したにちがいありません。ほめられるどころか、下手をすれば、なぜそんなつまらないことをしているんだ、という非難を受けるかもしれないのです。作者が匿名にならざるをえないわけです。

作者不明ということは、また物語の本性から考えても、けっして不自然ではありません。なぜなら、物語は建前としては現実に存在した出来事が語り伝えられてきたものなのですから、特定の「作者」というのは、むしろ存在する必要がないのです。

こうした点から見て、紫式部という明確な作者が現れることは、画期的なことでした。作者が判明するということは、物語が事実を語り伝えたものであるという建前は保ちながら、半ば公然と虚構であることを示しています。また、作者が女性であることも、これまで享受者であった女性が作り手の側にも進出し、以後、『狭衣物語』など女性作者が続くという点で、大きな転換点になっています。もっとも、紫式部が最初の女性の物語作家かということになれば、少し疑問の余地はあります。『源氏物語』が現れる少し前に、斎院であった選子内親王のグループで物語の製作が試みられていた可能性がいわれているからです。ただし、その実態が正確にはわからないことと、作られていたであろう作品の規模がまるでちがうことからすれば、実質的には、紫式部が最初の物語作家であるといって、さしつかえないでしょう。

次に、『源氏物語』を支える重要な要素として、歴史への関心があげられます。それは、中国や日本の歴史を作品の中に縦横に取り込んでいるということによるだけではありません。『源氏物語』という作品じたいが、虚構の物語でありながら、歴史としてのドラマをも作り上げているということです。とくに、第一部の世界は、光源氏の栄華の達成という古い物語の型に則った枠組みに、平安中期の歴史を透かし見ることができるような仕組みになっていて、物語であるとともに歴史書を実感させてくれるものでもあったでしょう。日本には、『史記』や

『漢書』のような人間を生き生きと描いたおもしろい歴史書がなかったことに照らせば、『源氏物語』は、虚構の世界に歴史の世界を思わせる壮大な人間のドラマを作り上げたといえるでしょう。

しかし、『源氏物語』は歴史そのものを描いたものではありません。物語という形式がいかに豊かに人間を描きうるものであるか、そこには歴史書への対抗意識すら見受けられます。光源氏が、物語に夢中になっている玉鬘《たまかずら》に向かって、物語をほめたたえつつ、「日本紀などはかたそばぞかし（日本紀などはこの世のほんの一面にすぎないのですね）」（螢巻）と言ったのは、いかにも大げさに歴史書を引き合いにして、物語をほめている言葉ですが、作者はそうした源氏の戯れに作者自身の本音を潜ませたのでしょう。物語が歴史の世界をも取り込んでしまう、というこの逆転現象は大きな影響をもたらし、『栄花物語』や『大鏡』という「歴史物語」が『源氏物語』のあとに現れるのも、物語が歴史を描けるということを『源氏物語』から学んだからにちがいありません。

最後に、人物の描き方です。『源氏物語』以前の物語では、人物は外から眺められるように描かれていて、内面への踏み込みが足りませんでした。人物の内面への興味より、その世界でのできごとに関心があり、そうした出来事中心に物語は語られていました。しかし、『源氏物語』の場合、出来事のおもしろさもさることながら、人物の描き方が格段に深まっています。

ここに、『蜻蛉日記』の存在がクローズアップされてきます。

日記は物語とは異なるジャンルですが、おそらく当時は、現在の我々が捉えるほどにジャンルの間に壁はなかったものと思われます。『蜻蛉日記』は、男と女の関係から生じる内面的な苦悩を日記を書くという営みを通して見つめていましたが、その精神の軌跡が、深い次元で『源氏物語』に流れ込んでいます。『源氏物語』の長編性を支えるものは、人物の内面を見つめる作者の深く鋭い目と、その内面の複雑な関わり合いによって成り立つ人間関係でした。物語史の頂点に立つ『源氏物語』の達成は、物語史の中からだけでは説明できず、むしろ日記や歴史といった新たな要素を取り込むことによって可能になったと見なければなりません。そこには、さらに、作中人物によって詠まれた数々の歌や、引歌として用いられた歌の世界も、深く関わっています。歌物語とは別な意味で、『源氏物語』の世界を築くために、歌が重要な役割を果たしていたことも強調しておきましょう。

『源氏物語』は、物語文学を代表する作品ですが、その誕生は、物語史を一変させた一つの「事件」だったとさえいえるのです。

二　物語のあらすじ

桐壺
帚木
空蟬
夕顔
若紫
末摘花
紅葉賀
花宴
葵
賢木
花散里
須磨
明石

澪標
蓬生
関屋
絵合
松風
薄雲
朝顔
少女
玉鬘
初音
胡蝶
螢
常夏
篝火
野分
行幸
藤袴
真木柱
梅枝
藤裏葉

若菜上
若菜下
柏木
横笛
鈴虫
夕霧
御法
幻

匂宮
紅梅
竹河
橋姫
椎本
総角
早蕨
宿木
東屋
浮舟
蜻蛉
手習
夢浮橋

物語のあらすじ

『源氏物語』は、五十四帖から成る長編ですが、一般に、全体を三部に分けて把握する、いわゆる三部構成説がとられています。すなわち、第一部が、光源氏の恋と栄華を描く桐壺巻から藤裏葉巻まで、第二部が源氏晩年の苦悩と悲劇を描く若菜上巻から幻巻まで、そして、第三部が、源氏亡き後の世界、匂宮巻（匂兵部卿巻ともいいます）から夢浮橋巻までです。

この「あらすじ」では、基本的に三部構成説に基づきながら、第一部のみ便宜的に明石巻までとそれ以降に区切り、全体を四つに分けてあります。

一　桐壺～明石

「いづれの御時にか」――『源氏物語』は、昔々の物語ではなく、ある時代の帝の宮廷の物語として始まる。多くの女御更衣を擁《よう》しながら、帝は後宮の序列を無視して、一人の更衣を寵愛する。そして、一粒種の皇子が誕生する。のちの光源氏である。しかし、周囲の嫉妬による迫害のため、更衣は命を落とす。周囲からの非難を受けつつ、更衣の死という悲劇的な結末を迎えたこの二人の物語は、宮廷の秩序やひいては平安朝の厳しい身分社会の中で、いかにして男と女は真に結ばれうるか、という問題として、この物語の中でくりかえし問われてゆく。その意味で、二人の物語は『源氏物語』の原点にほかならない。従来の物語の始まりが、主人公の親を紹介する程度であったことと比べても、この桐壺帝と更衣との物語は、格段に意味が深い。

さて、すぐれた資質をもって生まれながらも、この皇子は更衣腹であり、後見にも恵まれなかったため、東宮になることはかなわなかった。しかも、その異常なまでにすぐれた資質ゆえ、かえってその将来を案じた帝は、多くの予言者の言に耳を傾け、この皇子を臣下、すなわち源氏とする、苦渋の決断をせざるをえなかった（以下、この皇子を「光源氏」とする）。亡き更衣を忘れがたい帝は、新たに先帝の四の宮を迎えた。藤壺である。この宮が亡き更衣と似ていると聞かされた光源氏は、ほのかに思いを寄せるようになるが、元服とともに、左大臣家の姫君、葵の上との結婚を余儀なくされるのであった（「桐壺」）。

数年がたち、青年となった光源氏は、友人たちとの女性談義、いわゆる雨夜の品定めによって、理想の妻について考える機会を得るとともに、中流階級の女性たちへの関心も抱くようになった。若い源氏は、未知の世界への好奇心によって、空蝉や夕顔といった女性たちと出会うものの、いずれの恋も成就しない（「帚木」～「夕顔」）。これらの物語は、源氏の失敗談として語られ、続く若紫巻で、藤壺への恋が本格的に語られることになる。

十八歳の春、病気治療のため、北山へ出かけた源氏は、そこで藤壺に酷似した少女を見いだす。藤壺の姪《めい》、紫の上である。源氏は、この少女を藤壺の代わりに手元に引き取りたいと願うものの、少女の家族は、源氏の真意を測りかね、なかなか承知しない。やがて、源氏は藤壺と密通の罪を犯し、藤壺は懐妊する。この密通は、はじめてのことではなく、二度目のこととして語られる。一般的な型からいえば、一度の密通で懐妊することこそ、男女の象徴的な結びつきを表すが、ここでは、くりかえされる密通によって、二人の逃れがたい宿世を明らかにする、という書き方になっている。やがて、源氏は、紫の上を強引に自邸に引き取る（「若紫」）。その頃、夕顔を忘れがたい気持ちから関わりをもった宮家の姫君、末摘花と出会うが、期待に反する驚くべき醜貌を目の当たりにする、というやはり失敗談を経験する（「末摘花」）。

藤壺は、皇子を出産した。源氏とよく似た皇子の誕生を、帝はことのほか喜んだが、それは、源氏と藤壺の二人には、恐ろしい苦痛であった。帝は、譲位の意向を持ち、次代の東宮にこの皇子を据えるべく、藤壺を中宮とした（「紅葉賀」）。

その頃、源氏は、宮中で一人の謎の女と出会う。それは、東宮に入内予定の右大臣家の六の君とわかった。朧月夜の姫君である。この短い花宴巻は、将来の須磨下向に至る導火線であり、桐壺朝の最後に、この危険と裏腹であるがゆえにいっそう甘美な物語を置いた作者の手腕は心憎い（「花宴」）。

葵巻は、すでに新しい帝、朱雀帝（光源氏の兄）の時代になっている。新たに任命された斎院が賀茂川で禊《みそ》ぎを行い、その行列を見ようと多くの人々が集まるなか、光源氏の愛人である六条御息所の一行と葵の上の一行とが衝突する。いわゆる車争いである。忍びでやってきていた六条御息所は、車を壊され、忍びの見物であることも暴かれるという、この上ない屈辱を受けた。その一件によって心のバランスを失った御息所は、生霊となって葵の上に取り憑き、源氏とも対面してしまう。葵の上は、男子（夕霧）を出産したが、まもなく命を落とす。御息所の生霊と出会い、葵の上を喪った源氏は、深い悲嘆に沈むものの、その悲しみの淵から物語は新たな展開を迎え、源氏と紫の上とが夫婦として結ばれることになる。

賢木巻に入ると、源氏の衰運がはっきりと現れる。まず、冒頭、源氏との仲に絶望した六条御息所が、娘の斎宮とともに伊勢に下向する。源氏と御息所との別れを描く野宮の段は、美しい情景描写の中、二人の別れが嫋々とした筆致で描かれる。続いて、桐壺院が亡くなる。その悲しみをひきずる源氏は、藤壺に迫る。かろうじて事なきを得た藤壺は、二度とそのようなことが起こらないよう、桐壺院の一周忌に出家する。こうして、源氏にゆかりの人々は次々と源氏のそばからいなくなってゆき、右大臣勢力の風当たりが強くなる中、あたかもそれに反抗するように、源氏は朧月夜との逢瀬を持ち、右大臣にその現場を押さえられてしまう。源氏の破滅は決定的と思われる中、賢木巻は閉じるが、続く花散里巻は、ごく短く間奏曲風に亡き桐壺院の麗景殿女御の妹、花散里との静かな出会いを語る。そこだけが、わずかに桐壺院の生前を偲ばせるように。

光源氏の決断は早かった。朧月夜は、尚侍《ないしのかみ》という女官なので、関わりを持つことじたいは罪ではなかった。しかし、積年の恨みを持つ弘徽殿大后や右大臣から、帝への謀反という形で処断される恐れがある。その前に、源氏はみずから身を引き、須磨へ退去することとしたのである。わずかな供人をつれて、ものさびしい須磨へ下ってゆく、このなりゆきは、いわゆる貴種流離譚の枠組みによるものといえる。源氏に表立った罪はないが、朧月夜との一件の向こうに、藤壺との罪が見え隠れしている。須磨の源氏は、はじめは都の人々との文のやりとりもあったが、右大臣方の目が光って、それもままならなくなる。須磨に下ってきた春から季節がめぐり、冬になる頃には、じつに孤独な源氏の姿が描かれるようになる。しかし、年が明けると、右大臣方からの圧力をも顧みず、親友の頭中将が訪ねてくるといううれしいできごともあった

（「須磨」）。

一年が経とうとする三月の初め、須磨を暴風雨が襲う。源氏もあやうく命を落としかける中、夢枕に立った亡き桐壺院の霊が、住吉の神の導きのままに須磨を離れよ、と諭《さと》す。すると、住吉の神のお告げを聞いた明石の入道が、源氏を迎えに舟でやって来た。源氏は、明石へ移ることを決断する。明石の入道は、源氏の遠縁にあたる人物であった。その父大臣は、桐壺更衣の父大納言と兄弟である。娘が生まれた頃から住吉の神への信仰を持ち、娘を高い身分の人と結婚させたいという宿願を抱いていた。そこに源氏が現れたのである。源氏もまた、宿世の不思議さをしみじみと感じ、やがて、源氏と娘は結ばれる。その頃、都では、天変地異が相次ぎ、右大臣が亡くなり、朱雀帝も弘徽殿大后も病んでいた。朱雀帝は、大后の反対を押し切って、譲位の意向を固め、新帝の後見として源氏を召還する決断を下す。めでたい成り行きながら、皮肉なことに、明石の君は源氏の子を宿していた。源氏は後ろ髪を引かれる思いで帰京し、権大納言に昇進する。こうした源氏と明石一族との出会いには、海幸山幸神話の枠組みが明らかである。明石一族との出会いによって、源氏はよみがえるのであり、須磨の暴風雨に始まる一連の超自然的な要素は、この物語にはめずらしい大がかりな仕掛けとして、主人公の運命の変わり目に関わっている（「明石」）。（高田）

二　澪標〜藤裏葉

朱雀帝の譲位により、東宮が即位（冷泉帝）、政界に復帰した光源氏は内大臣になり、政治を主導していくことになる（「澪標」）。最大の政敵はかつての頭中将、今の権中納言だが、物語は政治の上のことを正面から語ることはしない。その代わりに、二人の対立を象徴する出来事として語られるのが、後宮争いである。

権中納言は娘（弘徽殿女御）を入内させ、天皇との関係を緊密にするとともに、次代の実権を握るための布石とする。一方、伊勢から帰京した六条御息所は、斎宮を退下した姫君を光源氏に託して死去したので、源氏はこの人を養女格として入内させる（斎宮女御と呼ばれる）。冷泉帝は光源氏の実子であるため、源氏は権中納言のように自分の娘を入内させることはできない。作者の苦心するところである。

冷泉帝が絵を好むので、弘徽殿女御方と斎宮女御方とはそれぞれ物語絵の名品を集め、帝の御前で物語絵合が催されることになる。判定は容易につかなかったが、最後に光源氏自身が須磨で記した絵日記が提出されるに及んで、斎宮女御方の圧勝に終わる。女方の絵合という遊戯の形を借りつつ、源氏の圧倒的な器量と藤壺宮の後押しによって、斎宮女御が後宮ではっきりと優位に立ったことを象徴的に語る出来事である（「絵合」）。

翌年、藤壺宮が死去する。四十九日も過ぎた頃、夜居の僧都が冷泉帝に出生の秘密を漏らしてしまう。光源氏が実父であることを知った冷泉帝は煩悶し、源氏への譲位をほのめかすが、源氏は固辞する。この冷泉帝と光源氏との関係の結び直しにより、ただの臣下ではありえない光源氏の存在の重さ、特異さが改めて印象づけられる。(「薄雲」)。

やがて、斎宮女御は弘徽殿女御をおさえて中宮となり、光源氏は太政大臣となる。源氏方の勝利によって権中納言との権力争いに終止符が打たれることを象徴する出来事だと言えるだろう。

名実ともに最高の権力者となった光源氏は、六条院という広大な邸宅を造営する。四季を象徴する四つの町に四人の女性を配するというこの邸宅の構成は、あたかも天皇の後宮を模したかのようであり、光源氏が時間と空間を支配する王者の相貌を有することがいよいよあらわになってくる(「少女」)。

この部分の物語のもう一つの重要な柱は、明石の君をめぐるストーリーである。帰京した源氏のもとに、明石の君が姫君を出産したという報がもたらされる(「澪標」)。光源氏は明石母娘に上京するよう促すが、明石の君はいきなり光源氏の傘下に入ることを避け、都の西方の大堰《おおい》の山荘にいったん身を落ち着ける。父入道の指示によるとはいえ、用心深く少しずつ接近してくるような思慮深さは、明石の君という女性に与えられた性格をよく表わしてもいる（「松風」）。

やがて、光源氏の勧めに応じて、明石の君は姫君を手放し、姫君は二条院の紫の上のもとに引き取られる。将来のお后候補として養育するためにはそうするほかはないのだが、明石の君と幼い姫君との別れの場面は哀切である。読者としては、将来の幸せな再会を願わずにはいられない（「薄雲」）。

青年の頃、光源氏は北山で、まだ少女だった紫の上とはじめて出会ったのだが、同じときに明石の一族の噂を耳にしている（「若紫」）。ここで光源氏の唯一の女子である姫君を間にして、生母明石の君と養母紫の上という密接な関係が成立することを考えると、紫の上の物語と明石の物語とは、はじめからペアをなすものとして構想されているらしい。

六条院の完成と共に、明石の君も六条院の冬の町に引き取られるが、春の町の紫の上のもとにいる姫君とは会うことができない。明石の君の忍従の日々は続く（「少女」）。

やがて、成人した明石の姫君が、東宮（朱雀院の皇子）に入内する日が来る。この入内によって、次代と次々代の王朝まで続く光源氏家の栄華の基盤が確立する。姫君が入内する日、紫の上は明石の君を姫君の後見役に推挙する。入内という最高の栄誉の当日に、明石母娘は涙の再会を果たすが、その夜、紫の上と明石の君とははじめて対面し、光源氏を支える妻同士として、お互いのかけがえのない美質を認め合うことになる(「藤裏葉」)。

玉鬘《たまかずら》巻から真木柱巻までの十帖では、玉鬘という女性が重要な存在になる。玉鬘は夕顔と頭中将との間に生まれた娘で、母夕顔が急死したあと、乳母に伴われて筑紫に下り、二十歳を過ぎて久々に都へもどってきた(「玉鬘」)。玉鬘は光源氏の六条院に引き取られるが、やがて六条院に美しく聡明な姫君がいるということが評判になり、大勢の男性から恋文が届くようになる。光源氏は庇護者として、玉鬘に身の処し方を教えつつ、一方ではこの魅力的な姫君に次第に心惹かれてゆく。

六条院の四季折々の風情を背景に展開していく玉鬘の物語は、最後に意外な結末を迎える。光源氏は男たちの求婚を尻目に、玉鬘を尚侍《ないしのかみ》として出仕させようと計画するが、出仕が実現する直前に、容貌は優れないが実力者として頭角を現しつつあった髭黒《ひげぐろ》が、玉鬘をわがものにしてしまう(「真木柱」)。

この範囲で語られるエピソードとしては、夕霧と雲居雁《くもいのかり》との幼な恋の逸話も興味深い。夕霧と雲居雁とは、二人の祖母大宮のもとで一緒に育った幼なじみで、相愛の仲だが、内大臣(かつての頭中将。光源氏が太政大臣に昇ったのと同時に内大臣になる)は夕霧の父親光源氏への対抗心から二人を引き離す。夕霧は寂しさに耐えて、大学寮で学問に励み、将来の権勢家たるべく研鑽《けんさん》を積むことになる（「少女」）。

このエピソードは、若い二人の清らかな恋物語というだけではなく、内大臣の光源氏に対する対抗心を象徴する意味を持っており、それだけにこの二人の関係がどのような結末になるのかが読者の興味をひくのだが、時が経つうちに内大臣は自分がしょせんは光源氏の敵ではないことを認めざるをえなくなり、ついには二人の結婚を認めることになる。それは、長年のライヴァルだった光源氏家と内大臣家とが和解したことを象徴する出来事でもあった（「藤裏葉」）。

このように、藤裏葉巻までの物語においては、それまでに起こっていた様々な出来事のそれぞれについて一応の結末がつけられる。藤裏葉巻では、光源氏は准太上天皇の地位につき、ただの臣下で終わる相ではないという桐壺巻での予言が実現する。光源氏の六条院に冷泉帝と朱雀院とが揃《そろ》って行幸し、物語はめでたしめでたしのうちに大団円を迎える。ハッピーエンドの結末とするのならば、『源氏物語』はここで終わっていてもよかったのだろう。

しかし、一見すべてが円満に解決したように見えながら、そこには積み残された問題があるらしく、物語はさらに先へと展開していく。この物語の作者は、ただ光源氏の栄華への道程という予定された結末に向けて物語を書いていったのではなく、「書く」ことを通じて追求しなければならない課題を抱えて一歩一歩書き進めていったのだということが、こうした物語の展開からもよくわかるのである。

（土方）

三　若菜上〜幻

六条院への行幸の後、病気がちの朱雀院は出家を望むようになるが、鍾愛する姫君、女三の宮の処遇に苦慮している。

様々な可能性を検討した末に、朱雀院は女三の宮を光源氏に降嫁《こうか》させることを決意する。光源氏も、女三の宮が亡き藤壺の姪であることに心惹《ひ》かれ、ついにこれを承諾する。

つねに光源氏に寄り添って生きてきた紫の上にとって、女三の宮の降嫁は致命的な打撃だった。准太上天皇である光源氏にとって、朱雀院の内親王である女三の宮は誰よりも正妻としてふさわしいのである。

紫の上は穏やかに女三の宮を六条院に受け入れ、光源氏に恨み言を言うこともないが、心の中では、我が身の上のはかなさをかみしめ、これまでの人生が崩壊していくような絶望を感じている。一方光源氏は、降嫁してきた女三の宮の幼さに失望し、紫の上を傷つけたことを深く後悔する。一対の理想のカップルとして描かれてきた光源氏と紫の上との間には、もはや埋めようのない溝が生じてしまった。

明石の女御（かつての明石の姫君）は、東宮の皇子を出産する。光源氏の孫が将来即位する道が開かれたわけで、光源氏自身が抱えている索漠たる思いとは裏腹に、光源氏家の栄華はますます確固たるものになってゆく。明石の君の父入道は、子孫の栄華を見極めたのち、都の人々に別れの手紙を送り、入山して行方を絶つ。明石の君と尼君とは、ともに入道の文を読みつつ、一族の数奇な宿世を思い、感慨に沈む（「若菜上」）。

六条院で催された蹴鞠《けまり》の折、太政大臣（かつての頭中将）の子息柏木は、偶然女三の宮の姿を垣間見てしまい、心を奪われる。かつて女三の宮の降嫁を望んでかなえられなかった柏木は、女三の宮を垣間見たことで改めて執着の炎をかきたてられる（「同」）。

それから四年という月日が経ち、冷泉帝から今上帝へと御代が替わり、明石の女御腹の第一皇子が東宮になる。光源氏の栄華はますます磐石《ばんじゃく》であるように見えるのだが……。

光源氏四十七歳の春、紫の上、女三の宮、明石の君に、六条院に退出していた明石の女御が加わって、華麗な女楽《おんながく》が催される。この女楽が、六条院の繁栄を象徴する最後の盛儀となった。

その直後に、紫の上が発病する。

紫の上はこの上ない美しさと聡明さ、包容力を兼ね備えた、光源氏の最愛の妻であり、六条院の秩序の実質的な中心であり続けていたが、ますますその地位に重みを増す明石の君と、正妻女三の宮との間にはさまって、紫の上自身は我が身のはかなさをかみしめ、出家を願うようになっていた。その忍従の日々に堪えきれなくなったかのように、紫の上は重い病の床に倒れる。

紫の上は二条院に移され、光源氏もその傍らに付き添うことが多くなる。六条院は人少なになり、火が消えたように寂しくなるが、その手薄になった六条院で事件が起こる。柏木が女三の宮のもとに忍び入り、ついに通じてしまったのだ。

二人は密通の罪におののくが、不用心な女三の宮は柏木からの文を光源氏に見つけられてしまう。光源氏もまた、若き日の藤壺との過ちの応報かと、この事件によって打ちのめされる。六条院での酒宴の日、柏木は光源氏から、密通の事実を知っていることをほのめかす皮肉混じりのことばを浴びせられ、衝撃のあまり、帰宅したなり起きあがれなくなる（「若菜下」）。

柏木の子を身ごもった女三の宮は、月満ちて男子（のちの薫）を出産するが、見舞いに訪れた父朱雀院に懇願して、にわかに出家を遂げてしまう。柏木は、男児の誕生と宮の出家の報を耳にした後、親友の夕霧に、妻落葉の宮（女三の宮の異母姉）の後事を託して死去する（「柏木」）。

夕霧は、柏木の遺言を忠実に守って、たびたび落葉の宮を見舞うが、次第に宮に心惹かれるようになっていく。宮の母、一条御息所が病気静養している小野の山荘に見舞いに訪れた夕霧は、宮に苦しい心中を訴え、一晩宮をとらえて放さなかった。それだけで何ごともなかったのだが、人づてに夕霧が宮のもとに泊まったことを聞いた御息所は憂慮して、ひそかに夕霧に文を送る。しかし、夕霧は嫉妬した妻、雲居雁に御息所からの文を奪われ、返事をすることができなくなる。夕霧から返事がないことを、誠意のなさの証と受け止めた御息所は、絶望して病勢がつのり、ついに息を引き取る。

夕霧はその後、ひとりきりになった落葉の宮と結ばれる。事の成り行きに怒った雲居雁は、幼い子供たちを連れて実家へ引き上げてしまう（「夕霧」）。

女三の宮の降嫁から柏木の死に至るまでの、比較的直線的に進行する物語からすると、夕霧の新たな恋の物語は、挿話的な間奏曲のようなものと見られないこともない。しかし、これもまた柏木の死から派生した出来事であり、女が生きてゆくことの難しさや、悪意がなくても人は傷つけあうものだという認識の苦さを示しているという意味では、紫の上や女三の宮の物語と響き合う重要な主題が追求されている部分だとも言える。

小康状態を保っていた紫の上は、法華経千部供養を行なった年の秋、光源氏の見守るなか、明石の中宮に手を取られて静かに生を終える（「御法」）。残された最後の一巻、幻巻は、紫の上を失なって悲嘆に沈む光源氏の上を流れる一年という歳月を語る。光源氏は、紫の上を失なった今、自らの人生も終わったという思いをかみしめ、ひそかに出家の準備を進める。季節の巡りの中に一人取り残され、わが人生を顧みる光源氏の姿を黄昏《たそがれ》の残光の中に残して、華麗の限りを尽くした光源氏の物語は、静かに幕を下ろす（「幻」）。（土方）

四　匂宮～夢浮橋

匂宮、紅梅、竹河三巻は、幻巻までの光源氏の世界と宇治十帖とを結ぶ位置にあり、匂宮三帖と呼ばれる。いずれの巻も、光源氏の世界の後日談を語りながら、宇治十帖の世界に部分的に関わるという内容を持っている。

匂宮巻は、「光隠れたまひにし後」と書き出され、物語はすでに光源氏が亡くなった世界に入っている。源氏を失って世の中は火が消えたようになりながらも、帝の三の宮である匂宮と光源氏の子と世間には見られている薫が世評を二分している。大臣となった夕霧は、この二人との縁組を期待して六の君を大切に育てているが、薫は、出生の秘密への疑惑からこの世への関心が薄く、匂宮は、冷泉院の女一の宮に心を寄せている。

紅梅巻は、柏木の弟である紅梅大納言の家の物語である。紅梅は、螢宮を喪った真木柱と結ばれ、亡き北の方、真木柱それぞれに子供をもうけていた。紅梅は、亡き北の方の中の君を匂宮に奉る意向を持っていたが、匂宮の心は真木柱腹の姫君にあった。

竹河巻は、鬚黒亡き後の玉鬘の後日談である。玉鬘の大君は、多くの求婚者を集めながらも冷泉院に入内した。熱心な求婚者の一人、蔵人の少将の落胆は著しい。大君は、弘徽殿女御などとの関係に苦労して、実家に下がりがちになる。また、玉鬘は中の君を尚侍として帝に出仕させる。薫と玉鬘の対話に、玉鬘の晩年の悲哀がうかがわれる。


橋姫巻から夢浮橋巻までが、宇治十帖である。橋姫巻は、これまでに語られることのなかった桐壺院の八の宮の数奇な運命物語から開始する。かつて、冷泉帝が春宮の時代、弘徽殿大后が冷泉を廃して八の宮を春宮に就けようとする策謀がめぐらされたが、それが失敗に終わり、政争の犠牲者として八の宮は日陰の生活を余儀なくされた。北の方を亡くした上、邸を火事で失い、宮は、二人の姫君とともに宇治に移り住んだ。出家はかなわないものの、心だけは聖として勤行生活に励み、娘を育てていた。そうした「俗聖《ぞくひじり》」の境遇をかねて理想としていた薫は、八の宮との交誼《こうぎ》を求め、宇治に通うようになる。ある晩秋の日、たまたま八の宮が不在の折に尋ねてきた薫は、月光のもと、琴を掻き鳴らす姉妹の姿をかいま見し、姉の大君に心を奪われてしまう。薫から宇治の噂を聞いた匂宮も、中の君と文のやりとりをするようになる（「橋姫」）。

やがて、八の宮は娘たちにつまらない結婚を禁じる遺言を残して、この世を去るが、薫は自分だけは許された者として、大君に結婚を迫る。大君は、八の宮の遺言を盾に、自分が結婚すれば、中の君の世話をすることができなくなるとして、薫の求婚を拒絶する。業を煮やした薫は、匂宮と中の君との逢瀬を画策して、大君の拒絶を封じようとするが、このやり方に大君は嘆きを深め、体を悪くしてゆく。懸念したとおり、匂宮の通いも途絶えがちになった。匂宮は、薫の勧めで宇治に紅葉狩りに出かける。ところが、従者が多すぎて宇治邸に赴くことができない。都の貴公子の優雅な管絃の遊びを見せつけられ、しょせん自分たちはなきに等しい存在であると思い込んだ大君は病の床に就く。薫は、足繁く見舞いに訪れ、二人は確かな心の通い合いを確認するが、冬の夜、大君は帰らぬ人となった（「椎本」〜「総角」）。

春を迎え、中の君は匂宮の二条院へと迎えられ、宇治を去る。大君を忘れられない薫は、時折中の君に大君の面影を見出し、きわどい言動に出る。そのような薫の執着をかわすべく、中の君は大君によく似た異母妹、すなわち浮舟の存在を告げる。いかにも唐突な登場であり、浮舟の存在は宇治十帖当初からの作者の計画にはなかったといわれている。薫は、宇治で初瀬詣から帰ってくる浮舟をかいま見て、大君に生き写しとの中の君のことばを確認する（「早蕨」～「宿木」）。

浮舟は、八の宮の召人《めしうど》であった中将の君の子であったが、疎まれて母子ともに八の宮家を出るという悲しい過去を持っていた。その後、中将の君は常陸介と結婚したが、浮舟に縁談が持ち込まれた折、求婚者の左近少将は浮舟が介の実子でないと知るや、ただちに介の実子との縁組を求めた。傷ついた浮舟母子は、介の邸を出て、中の君のもとに身を寄せる。中将の君は、そこでかいま見た匂宮や薫の輝くばかりの姿に衝撃を受け、匂宮の前に控える左近少将などはものの数でもないことを知る。八の宮に追われた悲嘆から、たとえ受領でも二心のない誠実な人こそ理想だと思っていたが、そんな考えも吹き飛んでしまった。浮舟を何とかこうした上流に縁づけたいと願うが、浮舟が新参の女房かと思った匂宮が迫り、すんでのところで女房に助けられるという事件が起きる。二条院も心やすらぐ場ではないと知った浮舟母子は、三条の小家に移る。ところが、そこを訪れた薫によって浮舟は大君の故地である宇治へと連れ出されて、浮舟のさすらいは続く（「東屋」）。

宇治に置かれた浮舟にも、静かな日々は訪れなかった。薫が浮舟に通っていることを知った匂宮は、かねてからの薫への敵愾心《てきがいしん》もあって、薫を装って浮舟と逢ってしまう。浮舟は薫に対する自責の念を感じつつも、そうした匂宮の情熱にひかれてしまうのである。何も知らない薫は、浮舟の憂いを帯びた様子に心を動かされる。しかし、やがて匂宮と浮舟の関係は薫の知るところとなる。薫、匂宮双方から都へ迎え取る意向が伝えられ、浮舟はどちらの意向に従うべきか選ぶことができない。物語は明らかに古代の妻争い説話の様相に近づき、浮舟は母に会いたいと念じつつ、宇治川への入水を決意する（「浮舟」）。

浮舟失踪の報はただちに人々に伝えられた。女房たちは、最近の様子から浮舟は入水をしたものと判断、遺骸は上がらないものの、葬儀を執り行った。薫は、女一の宮への思慕を抱きながらも、浮舟を忘れることができない。一方、匂宮は女一の宮のもとに出仕してきた女房に新たな恋をする（「蜻蛉」）。

浮舟は生きていた。入水を決意して邸を出たものの、気を失い、荒れ果てた宇治院に倒れていた。横川《よかわ》の僧都の一行が浮舟を発見するものの、意識不明の状態が続き、僧都の妹尼とともに、比叡山の麓の小野へと移された。やがて、浮舟に取り憑いていた物の怪も調伏された。しかし、浮舟は、みずからの素性を明かさない。静かな小野も、平安の地ではなかった。妹尼は娘を亡くしていたが、その婿の中将が浮舟に懸想を仕掛けてくる。浮舟は僧都に懇願して出家を果たす。それが僧都から明石の中宮に伝えられ、やがて薫に知らされる。浮舟にも、薫が自分を忘れずに嘆き悲しんでいることが伝えられる（「手習」）。

薫は横川の僧都を尋ね、浮舟の噂を確かめた。出家をさせた女が薫の恋人であったことを知った僧都の動揺は大きい。権大納言兼右大将という薫の重い地位が僧都には圧力となる。かつて俗聖の生活を夢みて宇治に通うようになった薫が、今や権勢家としてかつての恋人との再会を求めるべく比叡山に僧都を尋ねているのである。僧都は思案の末、浮舟に還俗を勧める旨の手紙を送る。薫は、浮舟の弟の小君を遣わし、対面を申し入れる。浮舟は、限りないなつかしさに激しく心揺さぶられるが、今はただ母一人に会いたいと思うばかりなので、人違いとして小君を帰す。浮舟にとって、これまでの生涯はただ夢のように思われるのであった。小君の報告を聞いた薫は、誰かが浮舟を隠し据えているのだろうか、と疑う。二人の心のもはやどうすることもできない隔たりをもって、夢浮橋巻でこの長編物語は幕を閉じる。

（高田）

三　文章を味わう

文脈のひだを読む　―若紫巻―

高田祐彦

①藤壺の宮、なやみたまふことありて、まかでたまへり。②上のおぼつかながり嘆ききこえたまふ御気色も、いといとほしう見たてまつりながら、かかるをりだにと、心もあくがれまどひて、いづくにもいづくにも参うでたまはず、内裏にても里にても、昼はつれづれとながめ暮らして、暮るれば、王命婦《わうみやうぶ》を責めありきたまふ。③いかがたばかりけむ、いとわりなくて見たてまつるほどさへ、うつつとはおぼえぬぞわびしきや。④宮もあさましかりしを思し出づるだに、世とともの御もの思ひなるを、さてだにやみなむ、と深う思したるに、いと心うくて、いみじき御気色なるものから、なつかしうらうたげに、さりとてうちとけず、心深うはづかしげなる御もてなしなどの、なほ人に似させたまはぬを、などかなのめなることだにうちまじりたまはざりけむ、と、つらうさへぞ思さるる。

何ごとをかは聞こえつくしたまはむ。くらぶの山に宿りもとらまほしげなれど、あやにくなる短夜《みじかよ》にて、あさましうなかなかなり。

見てもまたあふよまれなる夢のうちにやがてまぎるるわが身ともがな

とむせかへりたまふさまも、さすがにいみじければ、

世がたりに人や伝へむたぐひなくうき身をさめぬ夢になしても

思し乱れたるさまも、いとことわりにかたじけなし。

藤壺の宮は、お加減を悪くされることがあって、ご実家に退出された。帝がご心配申しあげていらっしゃるご様子も、まことにお気の毒だとごらんになりながら、せめてこうした機会にでもと、（源氏の君は）心も上の空に迷って、通っている女性たちのどちらへもおうかがいにならず、宮中でも自邸でも、昼は何も手につかずもの思いをしつづけ、日が暮れると、王命婦に、何とか宮への取り持ちを図るよう、日々お言いつけになる。

（命婦は）どのように手だてをめぐらしたのであったろうか、大変な無理をしてお逢い申しあげることになったが、その逢瀬の間でさえ、これが現実であるとは思えないのが、何ともつらいことだ。宮も思いもよらなかった以前のできごとを思い出されるだけでも、尽きることのないもの思いでいらっしゃったが、せめてあのことだけで、何としても終わりにしなくては、と深くお思いでいらしたのに、（こういうことになって）まことにつらく、耐えがたいご様子ではありながら、親しみがこもり可憐な様子で、とはいえ心許したわけではなく、思慮深くこちらが恥ずかしくなるような御物腰などが、やはりほかの人とはまったく違っていらっしゃるのを、どうして少しで

も不足だというところさえおありでなかったのだろう、と、（源氏は）恨めしい気持にもおなりになる。

（源氏は）思いのたけをどれほど申しあげきることがおできになろうか。夜が明けないというわない方がよかったほどである。

「くらぶの山」にでも宿りたいような様子であるが、あいにくの短夜で、嘆かわしく、かえって逢わない方がよかったほどである。

見てもまた……（こうしてお会いできても、またお目にかかれる折はまずないでしょうから、この夢の中にこのまま現実の世から姿をくらましてしまえるわが身であったらと思います）

と、涙にむせかえっていらっしゃる様子も、さすがにいじらしいので、

世がたりに……（世の語り草として世間の人は私たちのことを語り伝えはしないでしょうか。この上なくつらいわが身を覚めない夢の中のものとしましても）

思い乱れていらっしゃる（宮の）ご様子も、まことにもっともであり、畏れ多いことである。

❖

若紫巻、光源氏と藤壺との密通を描いた場面です。『源氏物語』の中でも、もっとも重要な場面の一つですが、文章そのものは、何か朦朧として掴《つか》み所がないような感じを受けるかもしれません。ここでは、この文章のわかりにくさとそれが何に由来しているのかということを明らかにしながら、読みの勘所《かんどころ》を示してみましょう。

光源氏と藤壺との密通という出来事は、『源氏物語』の根幹に関わる重要な出来事です。それだけに作者にとっても、ここを語る時の緊張感や意気込みは、並大抵のことではなかったと思います。

番号を付した順に、①から始めましょう。これは何でもない一文のように見えますが、ここまでの物語の展開を考えれば、実は相当重々しい語り出しだと言えます。すなわち、若紫巻に入って、北山を訪れた源氏は、そこで藤壺によく似た少女、紫の上を見出し、自分の手元へ引き取りたいと願います。この少女が兵部卿宮の娘、すなわち藤壺の姪であることがなおさら彼の情熱を確固としたものにしています。しかし、紫の上に心惹かれる源氏の思いは、はっきりと「藤壺への」思いと結び付けて書かれているわけではありません。「限りなう心を尽くしきこゆる人」に似ている、兵部卿宮の血筋なので「かの人」とも似ているのか、という書き方で、間接的に藤壺の存在が浮かんでいただけでした。北山での物語がひとしきり語られた後、「藤壺の宮」と語り出されると、読者にとっても、いよいよ藤壺のことが語られるのか、とちょっと身構えるようなところです。何しろ、「藤壺」という呼び名が出てくるのは、若紫巻ではここがはじめてで、しかも帚木三帖を飛ばして桐壺巻以来なのですから。

続く②は、源氏の狂おしいまでの思いです。日頃の通い所にも一切出かけることなく、ひたすら藤壺付きの王命婦に手引きを頼み込みます。「あくがる」という語、魂が身体から抜け出すといった語感で、ただただ藤壺のことしか考えられない状態です。

そして、③。これも短い文ですが、ここは読み所です。まず、ほんの一言、「いかがたばかりけむ」とあるだけで、手引きの経緯は一切省略して、「いとわりなくて見たてまつる」と密会場面に入っていきます。この「いかがたばかりけむ」という語り手の省筆に注意しましょう。これは単なる省略と見るよりは、むしろ語り手さえもその経緯を掴むことができないまま、密会場面に至っていると読むべきでしょう。このように書かれると、密会場面は、あたかも現実とは断絶した別次元の世界のように見えてきます。男女が逢うまでの経緯を省略するということは、ほかにもあるのです。たとえば、源氏が夕顔のもとに通うようになったところでも、語り手は、「このほどのことくだくだしければ、例のもらしつ」（読者もご承知のとおり、こういう場合はいろいろ面倒な手順を踏んでいますが、こまごまとした話はうるさいので、例によってそういう経緯は書きません）と断っているのですが、それとはまったく質がちがいます。藤壺への手引きなどという、ほとんど不可能な事態が語り手にも見通せない力が働くことによって実現してしまった、という趣であるわけです。はたして、それは、次に書かれるように、現実とも思えない逢瀬だったといいます。

「いとわりなくて見たてまつるほどさへ」、この「さへ」を見逃してはいけません。源氏は藤壺に逢ったのです。それはいわば夢にまで見た現実でありながら、この現実もまた夢のようだと言うのです。「いかがたばかりけむ」とみごとに呼応しています。

もう一つ、この文が、「うつつとはおぼえず」と終わらずに、その現実とは思えない感覚を「うつつとはおぼえぬぞわびしきや」という表現で言い収められてゆくところにも注意しましょう。「わびし」は心情表現ですから、この場合、一応源氏の思いと見てよいでしょう。しかし、藤壺と逢っていることが現実とは思えなくてつらいとか、現実と思えないからつらいというのではありません。もし仮にここが「うつつとはおぼえず、わびし」となっていたらどうでしょう。この言い方では、単に源氏の気持ちが「わびし」であるということを述べているだけですが、本文では、述部になりえた「おぼえず」を連体形にして、そこまでの叙述をまとめる形で「わびし」へと文を集約しています。一つの文の中で、文脈が発展的にふくらんでゆくのです。『源氏物語』には、こうした、一つの叙述をそのまま終わらせずに、その全体をくるみこむような形で心情表現を文末に置く言い方がしばしば見られます。文章じたいが、何か生き物のように、躍動的なのです。こういう躍動感を原文に添って味読することが、『源氏物語』を読む楽しみの一つです。

さて、この③では、もう一つ、源氏に対する敬語がないことにも注目してください。②で源氏の心情や行為を語った語り手は、ここではもうほとんど源氏と一体化しているといってよいでしょう。そして、それだけでなく、「わびしき」という心情語で文が締め括られることによって、われわれ読者もまたこの惑乱の中へ引きずり込まれてゆくのです。

次の④「宮もあさましかりしを」以下は、この段の中心です。「あさましかりし」とは具体的にどういうことをさすのか、それだけでははっきりしません。しかし、「世とともの御もの思ひ」とあるように、何か重大な事柄にはちがいありません。注釈書類には、源氏と藤壺との以前にあった密通などと説明がありますが、もちろんそのようなできごとは書かれていませんでした。では、そのように読めるのはなぜでしょうか。

この一節は、きわめて文脈が複雑です。「宮もあさましかりしを思し出づるだに、世とともの御もの思ひなるを」というのは、何か特別な出来事があり、それを思い出すだけでも尽きぬもの思いになっている、というのですから、よほどの重大事です。ところが、その一方、続く「さてだにやみなむ、と深う思したるに」になりますと、「さて」で表されるその経験が「だに」によって少し弱められているようにも読めます。読者の判断を迷わせるような書き方といえるかもしれません。ここで可能性が二通りに分かれることになるでしょう。密通か、密通まではいかないとしてもそれに近い源氏の接近か。物語の中にはその出来事じたいは書かれていないのですから、読者は想像しなければなりません。読者としては、これまでの物語の経過をあらためてふり返りながら、この表現の意味するところを読み解くことが求められているのです。

結論から言えば、ここは諸注釈の説く通り、以前にも二人の間に密通があったと見るべきでしょう。それは、光源氏の意識をたどってみることでほぼ明らかです。夕顔巻から若紫巻にかけて、源氏は何か大きな罪を抱えていることがほのめかされていました。源氏は、夕顔を亡くした折に、「かかる筋におほけなくあるまじき心のむくいに、かく来し方行く先の例となりぬべきことはあるなめり」（こうした恋愛の道で、だいそれたとんでもない思いを抱いていることの報いとして、このようなあとにも先にもない語り草になりそうなことが起きたのだろう）という思いを噛みしめています。「おほけなく」は身分不相応にということですから、源氏にとって身分不相応な思いとなれば、これはほぼ藤壺のことと見てよいでしょう。しかし、夕顔巻では、それを藤壺のことと絞り込むことはできません。また、源氏は、北山で僧都から法話を聞いた折に、「わが罪のほど恐ろしう、あぢきなきことに心をしめて、生けるかぎりこれを思ひなやむべきなめり」（自分の罪が恐ろしく、どうにもならないことに心を奪われて、生きている限り、このことを思い悩まなければならないのだろう）と生涯悩むべき罪を抱えていることが語られていました。これは直接には何をさすのかはっきりしませんが、その罪の意識から反転して「昼の面影心にかかりて」と紫の上への関心が頭をもたげてきます。罪の意識と女への関心が対照的に語られているところで、源氏の罪の意識はおそらく女性関係に関わるものと推測できます。このあと、僧都との対話で紫の上が藤壺の姪であることが明らかにされ、夕顔巻の例とも合わせると、源氏と藤壺との間に何か重大な罪が犯されているらしいという推測が成り立つわけです。こうした源氏の意識からすれば、「あさましかりし」は、単に源氏が藤壺に迫ったという程度のことは到底考えられません。

しかし、以前に密通があったとすると、新たな疑問も少々生まれてきます。一つは、さきほどの「さてだにやみなむ」です。「さて」が密通をさすとすると、「だに」によってその経験が軽くされていると読むことはできないでしょう。では、この「だに」はどのように解釈するべきでしょうか。

もう一つ、源氏と藤壺の関係は、いわば運命的な男女の関係といえますが、そのような男女の間に子どもができるとき、なぜ二度の密通を必要とするのか。むしろ、ただ一度の密通によって子どもができることの方が、二人の運命はより強調されます。神話や説話などでは一度の密通による懐妊がよく語られますが、それは、密通は、逃れがたい運命の一種の象徴であるからです。

これらの疑問には、おそらく一つの答え方で答えられそうです。それは、源氏と藤壺との関係は、どのようにしても逃れられない宿世によって結び付けられた関係だということです。この場面の直後、藤壺の懐妊が明らかになります。藤壺は、それを「あさましき御宿世のほど心うし」（絶望的なご運命の定めがつらい）と心底、宿世のつらさを味わっています。また、王命婦についても、「なほのがれがたかりける御宿世をぞ、命婦はあさましと思ふ」（やはりのがれがたかったご運命の定めを、命婦はあまりのことと思う）と書かれています。この「なほ」に注意してください。「やはり」ということです。書かれざる密通も、おそらく命婦の手引きによるものだったのでしょう。恐ろしい罪と知りながら、命婦はそれを拒めなかった。そして、今ふたたび罪を犯すことから、当事者である源氏も藤壺も、そして命婦も逃れられなかったのです。そこで「なほ」が出てきます。源氏と藤壺とは、単に密通の罪を犯すだけではなく、そこに子どもが生まれるという恐るべき罪を共有しなければならない宿世だったのです。「さてだにやみなむ」というのも、密通の罪が軽いというのではなく、一度きりの密通で終わるように、それで源氏が諦めてくれれば、という切実な願いだったのです。しかし、そうはいきませんでした。罪の子の懐妊という恐懼《きょうく》すべき罪へと物語は作中人物を導いてゆきます。

疑問点の一つ、「だに」の問題は、こういう場合、「だに」に関する型どおりの文法的な説明では解決できません。「軽いものをあげて重いものを類推させる」とか「最低限の願望」とか、そうした説明にとらわれてしまうと、こまやかな文脈の味わいを取り落としてしまいかねません。「だに」があるから、以前の経験は密通よりも軽いものだ、などという単純な形式論理は通用しないのです。むしろ、あってはならないはずの密通、その大罪を犯す源氏の思いに、藤壺はいかに恐れおののいたか、そのことが発覚するだけでも恐ろしいのに、ましてや懐妊などという事態に至れば、絶望の極みです。起きてしまった罪はどうしようもないとして、せめてこの一度の密通だけで、何としても源氏との恐ろしい関係は終わりにしたいと切実に願っていたのです。ここで少し穿《うが》った読み方をすれば、このように「だに」を考えた場合、この時点で藤壺は懐妊していないことが明らかです。以前の密通によって懐妊の可能性が残るならば、「さてだにやみなむ」というのは不可解です。逆にいえば、以前の源氏との密通では懐妊をしていない、そのことが明らかになっているという程度には、以前の密通から月日が経っている、ということも言えるでしょう。

「だに」についてもう少し読みを深めてみますと、この一段、「だに」が四回も用いられていることに気づきましたか?最初の「かかるをりだに」は、「心もあくがれまどひて」と続くように、この機会を逃してはけっして藤壺とは会えない、という源氏の切迫した気持が表れています。ここだけ見れば、藤壺との初めての逢瀬のようにも読めるほどです。そして、藤壺に関わる二例をはさんで、「などかなのめなることだにうちまじりたまはざりけむ」。ほんのわずかな欠点でもありさえすれば、このような道ならぬ恋は断念できたかもしれないのに、という源氏の思いです。そうしたわずかな欠点すらないということは、源氏がこの恋から逃れられないということです。これら四例の「だに」がこの一段に緊張した激しく切迫した空気をもたらしています。

こうした藤壺の内面は、「いと心うくて、いみじき御気色」と外へ表れます。それが、「いみじき御気色なるものから、なつかしうらうたげに」という具合に源氏の目に捉えられる様子に移っていく文章の呼吸に、十分注意してください。藤壺の内面とそれがにじみ出る様子とが切れ目なく、連続的に語られているのです。それも、「らうたげ」とありますから、源氏の目に映る藤壺の様子であり、さらに、そこで文章は終わらずに、今度は、それを目にした源氏の嘆きへと文章は伸びてゆきます。そうした一文は、「ものから」「さりとて」という屈曲を含みながら、「だに」「さへ」「なほ」などによって、大変細やかな意味のふくらみを伴いつつ、いかに藤壺の魅力が無類のものであるかを語っています。ここでの藤壺の完全無欠ともいうべき魅力は、一人の女性というレベルを越えた、この世ならぬものとなっているでしょう。ここに用いられた「なつかし」「らうたし」「心深し」「はづかしげ」なども、一語一語そのニュアンスを十分に読みとりたいものです。

なお、場面としては、このあと、源氏と藤壺との歌の贈答が続きますが、それは、「作中歌」の項で説明しました。

心を表現する　―夕霧巻―

土方洋一

日入り方になりゆくに、空のけしきもあはれに霧りわたりて、山の蔭は小《を》暗き心地するに、蜩《ひぐらし》鳴きしきりて、垣ほに生ふる撫子《なでしこ》のうちなびける色もをかしう見ゆ。前の前栽《せんざい》の花どもは、心にまかせて乱れあひたるに、水の音いと涼しげにて、山おろし心すごく、松の響き、木《こ》深く聞こえわたされなどして、不断《ふだん》の経《きやう》読む時かはりて、鐘うち鳴らすに、立つ声もゐ代はるもひとつにあひて、いと尊く聞こゆ。所がらよろづのこと心細う見なさるるも、あはれにもの思ひつづけらる。出でたまはん心地もなし。律師《りし》も、加持《かぢ》する音して、陀羅尼《だらに》いと尊く読むなり。

いと苦しげにしたまふなりとて、人々もそなたに集《つど》ひて、おほかたもかかる旅所にあまた参らざりけるに、いとど人少なにて、宮はながめたまへり。しめやかにて、思ふこともうち出でつべきをりかなと思ひゐたまへるに、霧のただこの軒《のき》のもとま

で立ちわたれば、（夕霧）「まかでん方も見えずなりゆくは。いかがすべき」とて、
山里のあはれをそふる夕霧にたち出でん空もなき心地して
と聞こえたまへば、
（宮）山がつのまがきをこめて立つ霧も心そらなる人はとどめず
ほのかに聞こゆる御けはひに慰めつつ、まことに帰るさ忘れはてぬ。

日も入り方になってゆき、空の風情もしんみりと霧が立ちこめ、山の蔭はうす暗く感じられる折しも、蜩が鳴きしきり、垣根に生えている撫子が風になびいている色合いも好ましく見える。部屋の前の前栽の花々は思いのままに咲き乱れ、水の音が涼しげに聞こえ、山おろしの風は寒々として、松籟の音が木立を渡って行きなどして、不断の経を読む交替の時が来て、鐘を打ち鳴らすと、立つ僧の声と代わって座る僧の声とが一つに響きあって、とても尊く聞こえる。このような場所なので、何かにつけて心細い様に見えるにつけても、千々に心が乱れてくる。（夕霧は）お立ちになろうという気持ちにもならない。律師も、加持をする音がして、陀羅尼を尊く読む声が聞こえてくる。
（御息所が）たいそう苦しそうにしていらっしゃるということで、人々もそちらに集まっており、そもそもこうした仮住まいで、供人も多くはいないため、こちらはきわめて人気《ひとけ》が少なく、宮は

物思いに沈んでいらっしゃる。ひっそりともの寂しく、（夕霧が）心の内を打ち明けるのに格好の折りだと思いつつすわっていらっしゃると、霧がすぐこの軒の下まで立ちこめてくるので、（夕霧）「おいとましようにも道がわからなくなって参りました。どうしたらよろしいでしょう」といって、

山里の……（山里のあわれを添える夕霧が立ちこめて、立ち去るすべもないような気持ちがいたしまして）

と申し上げると、

（宮）山がつの……（山人の垣根を包みこんで立つ霧も、心の浮わついた人は引き留めようとはいたしません）

ほのかに聞こえてくる気配に心がなごみ、（夕霧は）本当に帰る気持ちが消え失せてしまった。

落葉の宮の母、一条御息所が病気になり、療養のために、小野にある山荘に宮とともに引き移ることになります。秋の一日、夕霧はその山荘に見舞いに訪れます。引用の本文は、それに続く部分です。

簡素な山荘なので、宮の居室に近い庇《ひさし》の間に、夕霧は招き入れられます。都の邸を訪問するときよりも宮との距離が近い感じがするという設定が、控えめで慎重な夕霧の背中を押す、重要な伏線となっています。

八月の中旬、陰暦なので、秋のさなかです。小野の里というのは、都から比叡山の方角に少し登っていったあたりをいい、御息所の山荘は今の修学院離宮のあたりを想定しているのだろうといわれています。現在でも閑静な地域ですが、平安時代にはなおさら静かで物寂しい郊外の山里だったことでしょう。

やや山蔭にある山荘では、霧が出ているなか、蜩が寂しげに鳴きしきり、撫子がほのかな風になびいています。庭の前栽も山里らしく野趣があり、秋の花が咲き乱れています。山のせせらぎの音でしょうか、それとも庭の遣り水でしょうか、水の流れる音がどこからか聞こえてきます。峰を渡ってゆく風の音と響きあうように、加持にあたる僧侶たちの読経の声や鐘の音が聞こえてきます。霧や野の花といった視覚的な描写から始まって、せせらぎの音、山の尾根を渡る風の音、それらと響きあうような読経の声と、遠近の音が響きあう聴覚的な印象へと移行してゆく流れがとても美しいと思います。

風景描写というと、私たちは風景をスケッチするように、向こうにある対象を写し取るというようなイメージを抱きがちですが、これはそういう表現ではありません。文末に「見ゆ」「聞こゆ」などとあるように、見聞きしている主体は場面の外側ではなく内部にいて、その場に身を置いているものの感覚として、周囲の情景を感じ取るような書き方がなされています。それは始めて山荘を訪問した夕霧の新鮮な印象と重なる感覚で、表現主体は半ば夕霧と一体化していると考えてもいいかもしれません。

もう一つ頭に置いておきたいのは、ここでの自然描写が和歌の表現と密接に関わっているということです。このくだりを読んでいると、当時の読者なら、たとえば次のような和歌がひとりでに頭に浮かんできたはずです。

ひぐらしの鳴きつるなへに日は暮れぬと思へば山の蔭にぞありける

（古今集・秋上・読み人知らず）

あな恋し今も見てしが山がつの垣ほに咲ける大和撫子　（古今集・恋四・読み人知らず）

恋しくは見てもしのばむもみぢ葉を吹きな散らしそ山おろしの風

（古今集・秋下・読み人知らず）

琴の音に峰の松風かよふらしいづれの緒《を》よりしらべそめけむ

（拾遺集・雑上・斎宮女御）

この場面から想起される歌は、おそらく他にもたくさんあるでしょう。王朝の貴族たちの間で共有されているそれらの和歌の知識が、この場面の記述の背後に情報として組み込まれていて、そうした和歌の表現が生み出すイメージに支えられて、夕暮れが近づいている時刻の山里の自然のたたずまいが、鮮やかに立ち上がってくることになります。

和歌を鑑賞するときに、私たちは無意識に、その歌を詠んだ人の気持ちになって味わおうとしますが、それと同じように、このように文章の中に和歌的な表現が散りばめられていると、和歌を味わうときに私たちが心がける一体化の心理が自ずから発動することになります。この文章には、自分自身が今その場に身を置いていると読者を錯覚させるような表現の仕組みが働いているのです。

今そこにいる自分、それは山荘を訪れた夕霧であってもかまいません。私たちはこの場面を読みながら、自分が半ば夕霧という人物になってその場に居るような感覚を持つことができます。だから、まるで自分自身の体験のように、場面が生き生きと感じられるのです。

「けり」というようなことばが文末に使われていないことも、そういう感覚と連動しています。「けり」は昔あったことを語るというニュアンスのことばなので、「けり」が使われてしまうと「今まさに体験している」という感覚が持ちにくくなります。そうではなくて現在進行形のような口調で語られているので、「今まさに感じつつある」という感覚が強くなるのですね。「あはれにもの思ひつづけらる」というように、夕霧に対して敬語が使われていないことにも注意する必要があります。敬語を使うと、身分のある人として夕霧を対象化していることになってしまいますが、敬語がないと、夕霧＝自分自身という一体化が容易になるのです。

地の文の形で作中人物の心そのものを表現する〈体験話法〉などと呼ばれる手法があります

が（たとえば、太宰治の『走れメロス』という短編の中で、「私は、これほど努力したのだ。約束を破る心は、みじんもなかった。神も照覧、私は精いっぱいに努めてきたのだ。動けなくなるまで走って来たのだ」というように地の文に書かれている部分がそれです）、夕霧巻のこの場面もちょっとそれに似たところがあります。

しかし、夕霧巻には、「私は」という一人称は出てきません。半ば夕霧と一体化してはいるのだけれども、完全に夕霧のことばになっているわけではなくて、作中人物が身を置いている場面を俯瞰《ふかん》して見ている眼差しがどこかに感じられます。その証拠に、すぐあとのところでは、「出でたまはん心地もなし」と、夕霧に対する敬語が出てきます。

山荘の寂しい環境を目の当たりにした夕霧の印象は、そんな寂しい山里で病気の母親と暮らしている落葉の宮への深い同情にそのままつながっていきます。「あはれにもの思ひつづけらる」という心情の中には、そういう気持ちが含まれているでしょう。つまり、ここまでの自然描写と見えていた記述は、同時に夕霧の内面の描写にもなっていたわけです。外部の風景と作中人物の心とが、地続きのものとして表現されているのです。

そのような書き方で夕霧の心の動きを鮮やかに描き出して見せてから、その結果生じる「出でたまはん心地もなし」という夕霧の意志を語る際には「たまふ」という敬語をつけ、やや距離を置くような気配を見せています。落葉の宮の境遇に深い同情を感じたとしても、それがそのままその日泊まろうという気持ちに結びつくところには、同情を超えた好き心が働いていま す。ふと距離を置くような「たまふ」という敬語の使用は、そういう夕霧の心の動きと連動し ているように思われます。

その夕霧の耳に、隣室で律師が加持をする音、陀羅尼《だらに》（梵語《ぼんご》で発音される呪文）を読む声が聞こえてきます。「読むなり」の「なり」は「今まさに聞こえる」という感覚を表わすことばなので（いわゆる伝聞推定の「なり」）、夕霧の聴覚にとらえられた音として表現されています。仏教では恋情を抱くことは罪深いこととして戒められています。宮への思いに強く傾斜しつつある夕霧の耳に、間近から聞こえてくる陀羅尼を読む声はどのように響いたでしょうか。

このように見てくると、この場面では、夕霧という作中人物に寄り添い、その内面を生き生きと描き出しつつ、その心の動きを冷静に見つめている目に見えない視点がどこかに働いているのが感じられます。こうした複数の眼差し、複数の意識からとらえられることで、語られる出来事が彫りの深いものになっているところをじっくりと味わいたいものです。

このあと、夕霧の感想に対応するように、「宮はながめたまへり」と、宮の有様がひと言挿入されます。落葉の宮は、朱雀院の皇女として育てられ、のちに柏木のもとに降嫁しました。柏木自身は妹の三の宮のほうに憧れていたとはいえ、太政大臣という最高の権門の御曹子に望まれて降嫁したのですから、粗略な扱いは受けなかったはずです。しかし、その柏木も急逝し、落葉の宮の居場所はどこにもなくなってしまいました。父朱雀院もすでに出家していて、その配慮は彼女の上にまでは及んでいません。世の中に見捨てられたような、母親と二人きりの寂しい生活。その母御息所も病床に伏している今、宮は寂しい山里で、風の音、鳴きしきる蜩の声を聴きながら、ほっとため息をつくほかありません。

そのような宮の寂しい内面は、具体的に語られてはいませんが、充分に推測できることで、「ながめたまへり」という簡潔な表現に留められていることで、むしろ多くのことを読者に想像させるような書き方になっています。

宮のいるあたりから伝わってくる寂寥《せきりょう》の気配に、あたりのしめやかな有様も手伝って、「思ふこともうち出でつべきをりかな」と夕霧が感じたのはよくわかります。親友だった柏木が亡くなってから、思慕の感情を隠して宮に奉仕してきた夕霧は、いまこそ胸の中の思いを打ち明けるべき時かもしれないと感じたのでしょう。

次第に深くなってくる霧が、建物の軒のあたりまで迫ってきました。霧は作中人物の煩悩を象徴するものだという説があります。そうだとすれば、この霧は、落葉の宮への恋情に理性を失ないつつある夕霧の惑乱の象徴であり、ここでも作中人物の内面と周囲の自然とは、別々のことではなく、渾然として溶けあう一つの〈気分《スティムンク》〉として表現されているということになります。

夕霧は、霧を口実にして、辞去することが難しくなったと暗に訴え、「山里の」の歌を詠みかけます。それに対する宮の返歌は、夕霧の訴えかけに対して、帰途を遮《さえぎ》るというその霧も「心そらなる人」（「浮わついた気持ちの人。本気で思っているわけではない人」。「そらなる」は「霧」の縁語）を引き留めはしませんと、切り返した歌です。

男性の恋の訴えかけに対して、すぐに受け入れるのではなく、切り返して拒絶するポーズを見せるのは、女性の返歌の一般的なあり方ですが、この場合の宮の拒む姿勢は本気のものと考えていいと思います。この時代、内親王が臣下に降嫁するのは異例のことで、しかもその夫と死別したあとまた再婚するということは、ほとんどありうべからざることであったようです。宮は夕霧の突然の求愛に対して、困惑している気持ちを歌にこめたのでしょう。

しかし、表面的には拒絶しているのですが、その中にかすかに、すがるもののない宮の寂しさと頼りなさを訴えるようなニュアンスが感じられないでしょうか。「山がつ」は、寂しい山里に引きこもっている自らのことを喩えている表現です。霧に閉ざされた、こんな寂しい山里に、私はひとりぼっちだという心細さが、そこにはにじみでています。内親王という身分でありながら世にうち捨てられたように生きている宮の悲しみが惻々《そくそく》と伝わってくるような表現です。意図してのことではないかもしれないけれど、歌という不思議な表現の形式は、詠み手の無意識の底に沈んでいる感情まで浮かび上がらせてしまうことがあるのです。

和歌は現代の私たちにとっては身近な表現形式ではないので、よくわからない、という苦手意識を持っている人もいるかもしれませんが、なじんでくると、散文的なことばでは表現できないような微妙な感情まで表わすことのできる形式で、物語を創作する立場からいうと、短いことばの中に豊富な情報を盛り込むことのできるすぐれた形式だということがわかってきます。作中人物が詠み交わす和歌は、物語を深く味わうための大切なポイントの一つなので、大事に読み解いていきたいところです。

さて、宮の歌を受けて、「ほのかに聞こゆる御けはひ」とあります。身分の高い女性は、男性からの贈歌に対して直接返事をせず、お付きの女房を介して返歌をするのが普通だったはずですが、この表現からすると、ここでは直接歌を口にして返したようです。もともとお付きの女房の人数が少ない上に、病床の御息所のほうに人が集まっているので、取り次ぐ女房がいなかったということなのかもしれません（この特殊なシチュエーションがこのあとの夕霧の侵入を容易にしていることにも注意しましょう）。

直接返事をしないということは、相手の女性の声を男性がじかに聴くことはよほど親しくなるまではなかったということを意味します。もちろん姿を見ることなどありえない。姿を見ることもなく、声を聴くこともなく、その女性がどういう人かを判断しなければならない。だからこそ、男性は手紙の筆跡や、歌の詠みぶりといった間接的な情報を手がかりに、懸命に相手の人柄を判断しようとします。逆に言えば、偶然、未知の女性の声を聴いたり姿を見たりすることが、男性にとってどんなに胸のときめくことだったかを想像してみる必要があります。夕霧もまた、これまで何度も宮を見舞い、歌のやりとりもしたのだけれど、その肉声を聴いたのは初めてだったのです。その愛らしい声、その歌にこめられた寂しげな響き。夕霧の心は宮へのいとおしさでいっぱいになります。歌の中ではそっと探りを入れるような言い回しをしていた夕霧は、この瞬間、今夜こそは、という決意を固めたのでしょう。「まことに帰るさ忘れはてぬ」の「まことに」は、音読をするのなら心をこめて発音すべき、大事なことばです。

引用の場面はここまでですが、このあと夕霧は宮の居所に強引に進入し、その袖をとらえるという行動に出ます。生真面目で慎み深い人物として描かれてきた夕霧が、恋にのめり込んでいくという彼らしくない行動に出る、その決定的な一線がどのように踏み越えられるのかをきめ細かく表現しているのが、今回取り上げた場面です。

たとえば夕霧という人物の心理を描写する際に、「夕霧はいよいよ宮に惹かれていった」などと書いても、心という目に見えないものをリアルに表現することはできません。心の奥底に秘められた形にならない感情、そこに動いている微妙な情動を表現するために、周到な計算と配慮のもとにことばが張りめぐらされている様相を、じっくりと読み味わいたいと思います。

四　読解へのアプローチ

本文　ほんもん

古典の本文を扱う際に、いつも念頭においておかなければいけないのは、近世になって印刷が普及する以前には、どのような文章も手で書かれ、手で書き写されることによって流通していたということです。Aという写本を書き写すことによってBという写本ができたとしても、手で写しているのですから、全く同じ複製のようなものができあがるという保証はありません。写し間違いもあるでしょうし、書写している人が自分の判断で本文を改めてしまう場合もありえます（著作権などという観念のない時代ですから、作者のプライオリティを侵害してはならないという考え方は基本的に存在しなかったはずです）。

『源氏物語』の場合、紫式部が書いた本文が残っていれば、それに従って読めばいいわけですが、そんなものは現存しません。私たちの前にあるのは、後の時代に書写された、それも厳密に言えば一つ一つが微妙に異なる写本群なのです。大まかにあらすじを追うだけの大雑把な読み方ですませようとするならば、微妙な違いなどは無視することもできるかもしれませんが、文学作品として精密に、きちんと味読しようとするのならば、写本ごとのわずかな違いにも注意を払って読むように心がけたいところです。

桐壺巻の冒頭、桐壺帝が更衣を寵愛するので、更衣は他のお后たちに恨まれ、心労が重なってゆく、そのため帝はさらに更衣への不憫《ふびん》さを募らせる、というくだりに、

いよいよあかずあはれなるものに思ほして、人のそしりをもえはばからせたまはず、世の例《ためし》にもなりぬべき御もてなしなり。

(帝は更衣を) ますますたいそう不憫なものとお思いになって、世間からの非難を顧慮する余裕もおありでなく、世の中の語りぐさになってしまいそうなほどのご寵愛ぶりである。

という記述があります。この「人のそしりをもえはばからせたまはず」というところの「え」一文字がある写本と、ない写本とがあります。

「え」は打消のことばと呼応して、「~することができない」という気持ちを表わす副詞なので、「え」がある本文だと、どんなに世間から非難を浴びても、帝は自分でも更衣への執着を制御することができない、帝は周囲の反応を顧慮する余裕も失なっている、というニュアンスが強くなります。一方、「え」がないと、「世間の非難をもいっこうにはばからず」という意味

になるので、更衣に対する風当たりが強くなればなるほど、帝のほうは意固地になって、更衣への愛情を募らせていく、といった意志的な行動というニュアンスが強くなります。

このように、「え」というわずか一文字があるのとないのとで、帝の更衣に対する接し方の印象が微妙に違ってくるのです。こういうところのニュアンスの違いを大切に感じ取りながら読まなければ、文学作品を読む意味がありません。

本文をきちんと読むということは、こういう細かい判断の積み重ねなので、目の前にある本文の形を信頼していいのかどうかを常に意識することが必要です。

紫式部自筆の『源氏物語』などというものは現存しないと述べましたが、それどころか、平安時代の間に書写された『源氏物語』の写本も、残念ながら現在残ってはいません。院政期に制作されたと考えられている国宝『源氏物語絵巻』(隆能《たかよし》源氏)の詞書は、平安時代に書かれた一種の本文ですが、「絵巻」という制作物全体のバランスの中で調整された本文なので、写本の本文と同列には扱えません。

『源氏物語』の現存する写本としては、鎌倉時代、十三世紀の前半に書写されたものが最も古いものです。

原作が書かれてから二百年ほどが経過するうちに、多くの『源氏物語』の写本が生まれたようですが、それらの間には、すでに小さくはない違いが生じていました。新古今時代を代表する大歌人であり、古典学者でもあった藤原定家は、その違いを意識し、閲覧できる限りの写本を参照して、それらを比較校合《きょうごう》（本文を較べ合わせること）し、基準となる本文を作成しようと試みました。定家のもとで作られた本文は、残念なことに四帖分しか残っていませんが、これが現存するもっとも古い『源氏物語』の写本になります。この定家によって作られた校訂本文が後世に大きな影響力を持ったため、現存する写本の多くはこの定家本の子孫にあたるもの（定家本を転写することによって成立したもの）と考えられています。この系統の写本のグループは、「青表紙本」系統と呼ばれています。

一方、定家にやや遅れるもののほぼ同時期に、源光行《みつゆき》・親行《ちかゆき》父子が、同様に写本を集めて校訂本文を作成しましたが、これは結果的に定家の本文とはかなり性格の異なる本文となりました。こちらの本文も後世に影響を与え、多くの転写本が作成されました。今日残されている写本のうち、こちらの校訂本文の子孫にあたるものは「河内本」系統と呼ばれています。

この鎌倉時代の初めに校訂された二種の本文に基づく「青表紙本」と「河内本」とが、『源氏物語』の本文のいわば二大系統であり、どちらの系統ともいえない「別本」と呼ばれるものと併せて、『源氏物語』の写本は通常三つのグループのどれかに分類されています。

「青表紙本」と「河内本」とを比較してみると、「青表紙本」が含蓄に富んだ、読み応えのある本文であるのに対して、「河内本」のほうは合理的に整理されていて、その分、原文の豊かなニュアンスから遠ざかってしまっているような印象を受けるので、現在では「青表紙本」のほうが優れた本文であると考える人が多くなっています。近年刊行されている活字のテクストがほぼ例外なく「青表紙本」系統の写本を底本にしているのはそのためです。

精読に至る最初の手続きとして、様々な本文を比較検討して、本来の形を推測しながら読むこと（「本文批評《テキストクリティーク》」と呼ばれています）が不可欠ですが、本文の比較検討にはかなり専門的な知識が要求され、しかも考えるほどに様々な方面へと問題が波及していく複雑な作業です。そこで、はじめて校異で本文を見比べる際には、まず「青表紙本」の本文を基準にして、「青表紙本」の中にも細かい異同があるので、その違いの持つ意味を考えることからはじめるのがいいと思います。「青表紙本」の中がさらに大きく分かれてしまう場合、「青表紙本」の形に従うと文法的、文脈的に不自然な点が出てきてしまう場合などについてのみ、「河内本」や「別本」の形を参照するようにすると、慣れるまでは混乱しなくていいでしょう。

以上述べてきたように、本文をきちんと読もうと思ったら、読みの基準となる本文を確定するために、様々な写本を比較検討するという手続きが必要なのですが、「正しい」本文を決めるということだけが校異を参照することの目的ではなく、本文が流動性を持っているということ自体を実感するのも大切な勉強です。

作品は、本文を通してしか私たちの目に見えるものとはなりませんが、目の前の或る本文が作品とイコールであるというわけではなく、Aという写本もBという写本も、形は違ってもやはり『源氏物語』なのです。少しずつ形の違う本文群の向こう側に、一種の抽象的な概念として、私たちは『源氏物語』という作品をイメージしているのです。

（土方）

話型　わけい

文字どおり、話の型ということです。物語や神話、説話など、散文の文学は、それぞれに異なった作品でありながら、その中に共通する要素を持っていることが少なくありません。そのうち、作品全体の枠組や、大きな話のまとまりのレベルで、共通する要素のことを、話型と呼んでいます。わかりやすくいえば、何か作品を読んだ時、「この話、あの話と似ているな」と感じる時の、その類似性がおよそ話型にあたると考えてよいでしょう。

作品は、それぞれ個別の存在であり、一つとして同じものはありませんが、話型という共通要素を抽出することによって、それぞれの作品を支えている枠組や、そこから離れて独自な創造を遂げている面がわかります。話型と作品との関係には、微妙なところがあり、話型との重なりが多すぎれば、「ありきたり」「陳腐」ということになりますし、逆に、あまりに独創的であり過ぎても、読者はついてゆきにくくなります。

話型を扱う際に問題となるのは、話型というものをあまり固定的に考えてはいけない、ということです。実は、話型というものは、読者が複数の作品を読む、その相互関係の中から発見されるものであり、そのため、話型の認定には、どうしても相対的な部分が残ります。端的にいえば、話の捉え方しだいで、話型の認定は変わってしまうのです。その意味で、話型という概念や述語には、ある限界があることは否めません。話型は、あまりにも大雑把なものでは役に立ちませんし、逆にあまりにも細かな要素を組み合わせると、多くの作品に適用できません。作品やジャンル、時代に応じて、臨機応変に話型の適用を考える必要があるわけです。一つ、『源氏物語』以外から例をあげましょう。

『竹取物語』です。かぐや姫は、月の世界の姫君ですが、この姫君が地上にやってきて、やがて月の世界に帰る、というこの物語は、いろいろな話型で捉えることができます。たとえば、天人女房譚。これは、「鶴の恩返し」などでおなじみのあの話型です。『風土記』などにいろいろ例がありますが、とくにかぐや姫が去った後の、翁や媼《おうな》、帝の嘆きに焦点を合わせると、この話型が顕在化します。しかし、かぐや姫が「天の羽衣」を着ても、それは空を飛ぶためではないなど、最初の物語である『竹取物語』でも、けっして話型に還元できるような単純なものではありません。また、折口信夫の提唱した貴種流離譚で捉えてもいいでしょう。かぐや姫は、月の世界で罪を犯し、そのため、地上に流刑になったというのですから、典型的な貴種流離です。地上のあちこちをさまようことこそありませんが、求婚譚（これも話型です）の中で苦労するという試練が、それに相当するでしょう。

さて、『源氏物語』の話型には、どのようなものがあるでしょうか。『源氏物語』ほどの長編になりますと、数多くの話型を見出すことができますが、あまり単純に話型に則った物語というのは多くはありません。いくつかの話型の複合であったり、ある話型になりそうでならなかったり、話型を意図的に崩してみたり、とさまざまです。

まず、夕顔の物語を例にとってみましょう。五条という都から離れた場所にある粗末な邸で女を見出す、というのは、いわゆる「葎《むぐら》の宿の女」の話型に拠っています。雨夜の品定めで左馬頭が、

> さて世にありと人に知られず、さびしくあばれたらむ葎の門に、思ひの外にらうたげならむ人の閉ぢられたらむこそ限りなくめづらしくはおぼえめ。（「帚木」）
>
> そのように暮らしていると世間に知られずに、寂しく荒れた葎の茂る家に、思いもかけずかわいらしい人がひっそりと住んでいるようなのは、この上なくめずらしく思われるでしょう。

と言っている例です。『伊勢物語』初段、『うつほ物語』の俊蔭娘、など、多くの例があります。

やがて、源氏が通うようになると、源氏は顔を見せず正体を隠しながら通います。そうした源氏をいぶかしみ、女の方では明け方に源氏の後をつけさせたりもします。ここには、古代の

三輪山伝説がふまえられています。神が正体を隠して女のもとへ通うのですが、これは異類婚姻譚の話型から考えられます。異類婚姻譚とは、人間と人間ならざるもの、たとえば、神や霊や動物などの関係です。源氏も女の正体がしかとはわからず、「いづれか狐なるらむな」（どちらが狐なのでしょうね）などと語りかけており、狐が人間に化けて結婚するタイプも連想されています。

さらに、夕顔を「なにがしの院」に連れ出した挙げ句、夕顔の死に至るという展開は、「女盗み」の話型です。『伊勢物語』六段、いわゆる芥川の段や『大和物語』一五五段の安積山《あさかやま》の物語などがよく知られています。

このように、夕顔の物語一つ取ってもさまざまな話型の複合から成り立っています。

次に、話型になりそうでならない、という物語を見てみましょう。

若紫巻で、光源氏が紫の上を盗み出し、二条院へ連れてきてしまうのは、「女盗み」の話型ですが、これが、紫の上の父、兵部卿宮が紫の上を自邸に迎える直前であったことに注目してください。紫の上は早くに母を亡くし、祖母に育てられてきましたが、その祖母が亡くなり、兵部卿宮に引き取られるところだったのです。兵部卿宮の邸では、兵部卿宮の北の方が待ちかまえています。この北の方は、兵部卿宮が紫の上の母に通い始めたことを憎み、さまざまな圧迫を加えて、その心労のために紫の上の母は命を落としました。この北の方、すなわちこれから紫の上の継母になる人物は、迎え取る紫の上を自分の思い通りにしようと考えていると書かれています。すなわち、典型的な継子いじめの境遇が待っているのです。光源氏の果断な行動は、一面では継子いじめから紫の上を救ったということもできます。そもそも、光源氏が紫の上を発見したのは、北山という地であり、一種の葎の宿の女の話型といえます。そして、「女盗み」となりますが、そこまでは単純な道筋ではなく、むしろ継子いじめからの脱却として「女盗み」が可能になるという運び方なのです。いくら光源氏が色好みだからといって、そう簡単に「女盗み」が実現するわけではありません。

話型を意図的に崩したものとして、浮舟に関わる「妻争い説話」をあげましょう。浮舟は、薫と匂宮二人に愛され、いずれを選ぶこともできません。男たちは、互いに相手を意識して自分の邸へ浮舟を引き取るつもりでいます。浮舟の侍女右近は、その姉がやはり二人の男を選ぶことができず、一人の男がもう一人の男を殺してしまった、という話をします。古代の妻争い説話では、有名な「真間《まま》の手児名《てこな》」の物語など、女が入水などの死を選ぶことによって三角関係に終止符を打ち、その女が美しく語り継がれるものでしたが、右近の話は、そうした美しい伝説とは異なる、凄惨な現実を突きつけることになりました。浮舟は、入水の決意をしますが、この物語はそう簡単に終わりません。浮舟が入水の決意を固めるところで、浮舟巻は終わっていますが、続く蜻蛉巻では、浮舟がいなくなり、物語の姫君の人に盗まれたらむ朝《あした》のやうなれば、くはしくも言ひつづけず。

（「蜻蛉」）

物語の中の姫君が誰かに盗み出された朝のようなありさまなので、ここでこまごまとは述べない。

と書かれています。いったん「女盗み」の話型を連想させながら、どうやら宇治川に身を投げたらしい、ということがわかってきます。浮舟の葬儀までとりおこなわれますが、手習巻で、浮舟は実は生きていたことが判明します。妻争い説話のように美しく死ぬことは許されず、生き延びてしまった女がどうやって生きていくか、という物語になるのです。

はじめに述べたように、話型は、物語の中のまとまりを捉える上で便利な概念ですが、あくまで分析の方法として扱うことが大切です。話型そのものが中心なのではなく、あくまで補助線のようなものであることを心がけておきましょう。

（高田）

年立　としだて

『源氏物語』の出来事を年ごとに整理したもので、現在では、見やすさの点から年表の形をとるのが普通です。物語には現実の歴史と違って年号がありませんから、その代わりに、便宜的に光源氏と薫の年齢を基準とします。第一部、第二部は光源氏、第三部は薫を基準としています。

『源氏物語』は、光源氏の誕生の年から数えて、約七十五年の歳月にわたる物語です。それだけの時間の長さを整理し、数多くの人物関係を理解するために、古くから年立と系図とが工夫されてきました。それらは、今日でも私たちが『源氏物語』を読むために不可欠の資料（情報）であり、各種の源氏物語事典には必ず掲載されています。

現存する年立で一番古いものは、室町時代に書かれた一条兼良《かねら》によるものです。兼良以前にも、ある出来事や巻の内容がいつの年であるかということについて、関心は持たれていましたが、物語全体にわたってまとまった形で整理されることはありませんでした。兼良の年立に対しては、のちに本居宣長がやや大きな修正を加えたものがあり、前者を旧年立、後者を新年立と呼んでいます。現在では、新年立に依拠するのが主流になっていますが、実は新年立でもじゅうぶんに整理しきれないところもあり、研究が続いています。

さて、それでは、具体的な例によって、話を進めましょう。

光源氏の年齢を基準にするといっても、実は源氏の年齢が書かれた箇所は、そう多くはありません。桐壺巻が例外的に多く、三歳で母桐壺更衣と死別し、六歳で祖母と死別、その翌年に高麗の相人の予言を受け、十二歳で元服したと語られます。しかし、そのあと、源氏の年齢に関する記述はふっつりと途絶え、次に出てくるのは、何と藤裏葉巻、翌年四十歳になるという記述です。では、十二歳から順々に物語の時間をたどってゆけるかというと、ただちに困難にぶつかります。帚木巻で、光源氏はすでに多くの女性との関わりを持つ青年に成長していますが、何歳であるかわかりません。続く空蝉、夕顔巻も同じ年のことですが、やはり年齢の手がかりがありません。漠然と十代後半くらいかと見当がつくだけです。したがって、物語の進行に即して前から順に源氏の年を数えていくことはできず、藤裏葉巻の三十九歳の年から、物語の記述をたどりながら逆算する、という面倒な手続きをとらねばなりません。

すると、新年立によれば若紫巻で十八歳になり、旧年立では、十七歳となります。この一年の違いは、新年立では、玉鬘巻が少女巻の第三年目と重なると見ますが、旧年立ではそれを翌年と見ることから生じます。少女巻の第三年目に六条院が完成し、続く玉鬘巻で夕顔の遺児玉鬘が六条院に入るのが六条院完成の年なのか翌年なのか、はっきりしないところがあるのです。現在では、もっぱら新年立によっていますが、実はよく読んでみると、新年立が正しく、旧年立がまちがい、というような単純な結論を出すことはできません。どちらかといえば新年立の方が合理的で自然である、という相対的な問題であり、新年立で考えても不都合なところもあるのです。試しに自分で少女巻と玉鬘巻との時間の関係を整理してみてもおもしろいでしょう。いろいろ首をかしげることが出てくるはずです。これは、物語の時間と現実の時間の関係として、ひじょうに興味深いことですが、あとでまとめて扱うことにして、もう少し具体的な事例にふれておきましょう。

さて、藤裏葉巻から若紫巻へとさかのぼってみましたが、実は、この途中には、二箇所、空白の時間が存在しています。新旧いずれの年立も同じで、花宴巻と葵巻の間、および澪標巻と絵合巻との間です。これは、普通に読んでいるときには、すぐには気づかない事柄かもしれません。少なくとも、何年という年数まではすぐにはわかりません。

次に、若菜巻から幻巻までは、特に問題はありません。ただし、鈴虫、夕霧巻の年次については、新旧年立とも横笛巻の翌年としますが、古く藤原定家は、横笛巻と同年と見ていました。夕霧巻を横笛巻と同年と見るのには無理がありますが、鈴虫巻は、可能性があります。横笛・

夕霧巻に語られる夕霧と落葉の宮の物語が語られないため、年次が確定しきれないからです。第三部は、匂宮三帖と宇治十帖との間で人物の官職が異なっていたり、時間の前後関係が錯綜していたりして、なかなか複雑です。一例をあげれば、竹河巻が発端は匂宮巻と同じ年でありながら、椎本巻と重なる時間まで何と足かけ十年にもわたっています。また、紅梅巻も椎本巻から総角巻にかかり、宿木巻は早蕨巻の次に位置しながら、一年さかのぼって椎本の後半と重なる時点から語り始めています。宇治十帖はまとまりのよい中編ですが、第三部全体としてみると、意外に入り組んだ世界になっているのです。

以上、年立に関わるさまざまな問題点を見てきましたが、人物の年齢についても、おもしろい問題があります。物語の中では、人物の年齢が時折矛盾するという現象が現れます。そのもっともはなはだしい例は、賢木巻で示される六条御息所の年齢です。娘の斎宮とともに伊勢に下向するにあたって、宮中に参内した折、

十六にて故宮に参りたまひて、二十にて後れたてまつりたまふ。三十にてぞ、今日また九重《ここのへ》を見たまひける。（「賢木」）

十六で亡き東宮に入内なさって、二十歳で先立たれ申し上げなさった。そして、三十で、今日ふたたび宮中をごらんになるのであった。

という叙述があります。六条御息所は、十六歳で前東宮に入内しながら、二十歳で死別して宮中を退き、今日再び参内したというのですが、ここに書かれる、十四年前から十年前まで東宮妃であったということが、これまでに語られてきた物語と決定的に矛盾してしまいます。その時期は、桐壺巻に書かれた光源氏の少年時代と重なり、東宮は、源氏の兄（賢木巻の朱雀帝）でした。東宮が二人になってしまうというこの矛盾は、どのようにしても解消できません。こういう場合、年立を整合させるために無理な解釈をするのではなく、ある程度、矛盾を矛盾として受け入れる態度が必要です。現代でも、小説やマンガが長編になると、いろいろ不具合が生じることがあるように、『源氏物語』の場合にも、年立で示される時間を杓子定規に物語世界に押し当てることは、適切な方法とはいえません。年立で整理できる時間と、そうでない、いわば年立をはみ出してしまう生き生きとした時間と、両方を受けとめるべきでしょう。私たちは、研究というと、つい物語を読んでいる時の現実とは異なる充実感を忘れ、きわめて冷静な分析だけに徹しがちですが、年立をめぐる問題も、そうした享受と研究との間に生じる一種のずれという問題とどこかで関わっているようです。

このような矛盾が生まれるのは、まさに、『源氏物語』が歴史ではなく、あくまで文学作品であるためです。そこに流れる時間が現実の時間とは異なった性質を持つからです。現実の歴史であれば、関係する資料を比較検討しながら、事実関係を可能な限り正確に追いつめてゆくことができますが、『源氏物語』の場合、出来事は書かれたものとして、作品を読むことによってしか捉えることはできません。『源氏物語』に書かれた事柄は、『源氏物語』以外には書かれていないからです。したがって、〈読み〉の相違が、そのまま作品世界の相違となって現れてきます。作品以前に事実があるわけではなく、作品の語るとおりに事実を受けとめなければならないからです。むしろ、年立は、そうした虚構の物語の持つ独特の時間に気づかせてくれるものであって、年立を前提としてその枠内で物語世界を理解しようとしてはならないのです。

年立を、歴史の年表さながらに見るべきではないということは十分に注意すべき事だと思われます。どうしても、年表という形になったものは、それじたいが独立したたしかな存在のように思えてしまいます。しかし、物語の年立は、あくまで書かれた作品の中から導かれる時間の構造の目安であって、くり返し書き換えられる余地を含むとともに、時系列の中に位置づけにくい物語内容があることをわきまえておかなければなりません。

そのうえで、最後に付け加えますと、光源氏に関わる新旧年立が、実は、わずか一年の違いしか生じていないことに、あらためて驚かされます。古代の物語は出来事中心に描かれていると言われますが、たしかに近代の小説技法とは異なるとはいえ、約三十年におよぶ物語が一年しか違わない形で整理されるということは、長編としてのしっかりした骨格が通っているということにほかならないのです。年立は、そのようなことも教えてくれるものなのです。（高田）

准拠　じゅんきょ

光源氏が夕顔と呼ばれる女を連れ出した場所は、物語の中では「なにがしの院」と呼ばれています。

そのわたり近きなにがしの院におはしまし着きて、預り召し出づるほど、荒れたる門の忍ぶ草茂りて見上げられたる、たとしへなく木暗し。（「夕顔」）

（二人は）そのあたりに近い、なにがしの院にお着きになって、管理人を呼び出す間、荒れ果てた門に忍ぶ草が生い茂っているのを車中から見上げていると、なんともいえずうっそうとしている。

二人がこの「なにがしの院」にいるときに物の怪が現れ、夕顔は急死することになるのですが、「なにがしの院」とは、いかにも具体的な場所の実名をあげることをはばかってぼやかしているという感じの呼び方です。

「なにがしの院」は、五条の近くにある荒廃した大邸宅という設定ですが、五条の近くの荒れ果てた邸といわれると、当時の読者なら真っ先に、左大臣源融《みなもとのとおる》（八二二〜八九五）の邸宅、河原院のことを思い浮かべたはずです。六条京極にあった河原院は、九世紀の末頃には大勢の文化人で賑わった場所ですが、融の死後荒廃して、様々な怪異が起こったと伝えられています。宇多上皇が京極御息所を連れて滞在していたとき、源融の霊が現われて二人を脅かしたという話（『江談抄《ごうだんしょう》』等）などは広く流布していたようですが、いかにも夕顔巻の物の怪事件を彷彿《ほうふつ》とさせる説話です。当時の読者は、「なにがしの院」とおぼめかした言い方をしているけれど、実はこれは源融の河原院のことではないかしら、と想像して読んでいたのではないでしょうか。

このように、『源氏物語』の中には、歴史上の人物や場所、出来事などに基づいていると感じさせるような記述がしばしば出てきますが、その際に踏まえられている素材そのものや、史実と重ね合わせて書く方法のことを、準拠《じゅんきょ》と呼びます。

十四世紀後半に成立した注釈書『河海抄《かかいしょう》』は、物語中の三代の天皇、桐壺・朱雀・冷泉は、史実上の醍醐・朱雀・村上の三代の天皇になぞらえられていると指摘しています。確かに、桐壺巻の本文には、

このごろ、明け暮れ御覧ずる長恨歌の御絵、亭子院《ていじのゐん》（＝宇多上皇）の描《か》かせたまひて、

伊勢、貫之に詠ませたまへる、大和言《やまとこと》の葉《は》をも、唐土《もろこし》の詩《うた》をも、ただその筋をぞ枕言《まくらごと》にせさせたまふ。（「桐壺」）

このごろ、（桐壺帝が）明け暮れ御覧になっている長恨歌の御絵は、亭子院が描かせて、伊勢や貫之に歌を詠ませなさったものだが、和歌にしても漢詩にしても、もっぱらこうした悲しい話を日ごろの話題にしていらっしゃる。

とか、

宮の内に召さむことは宇多帝《うだのみかど》の御誡《いましめ》あれば、いみじう忍びてこの皇子《みこ》を鴻臚館《こうろくわん》に遣《つか》はしたり。（同）

外国からの使節を内裏の中へ請じ入れることについては、宇多帝の戒めがあるので、たいそうお忍びでこの皇子（＝光源氏）を鴻臚館に遣わして占わせた。

とか、実在の宇多天皇の名前が繰り返し出てきます（「亭子の院」は宇多天皇の譲位後の呼称）。読者はこうした記述に接して、桐壺帝がいかにも宇多天皇のすぐ後の代の天皇であるかのような印象を抱くことになります（醍醐天皇は宇多天皇の皇子で、宇多の譲位を受けて即位しています）。

この三代の王朝准拠説の重要なポイントは、醍醐天皇の皇子に、安和の変（九六九年）で失脚した源高明《みなもとのたかあきら》がいるという点です。皇子でありながら臣籍に下された一世源氏で、すぐれた政治家・教養人として尊敬を集めていたにもかかわらず、後に失脚して左遷された人物といえば、当時まず思い浮かべられる人物は源高明でした。桐壺帝の皇子である光源氏が、政治的な策謀に巻き込まれて須磨へ退去するというあたりを読んでいると、読者の脳裏にはひとりでに、醍醐天皇の皇子である源高明という人物のイメージが浮かんできたはずです。

須磨巻には、

三月二十日あまりのほどになむ、都離れたまひける。人に、いまとしも知らせたまはず、ただいと近う仕うまつり馴《な》れたるかぎり七八人ばかり御供にて、いとかすかに出で立ちたまふ。（「須磨」）

（光源氏は）三月二十日過ぎ頃に、都をお離れになった。他の人には、いつ発つと知らせることもなさらず、いつもごく身近に仕えている者、七八人だけを御供に連れて、たいそうひっそりと出発なさる。

と書かれていますが、これも源高明が三月二十五日に離京した（『日本紀略』）ことを踏まえているといわれています。当時の人々は、はじめてこの物語を読んだとき、物語の形にトランスファーされた歴史書を読んでいるかのような気分になったのではないでしょうか。こうしてみると、准拠は、光源氏の人物造型や、光源氏を主人公とする物語のストーリーの骨格そのものに関わる重要な問題だということがわかります。

准拠あるいは「なずらふ」という用語は、『河海抄』では醍醐朝から村上朝あたりという時代設定と不可分の概念として取り扱われていて、時代背景を異にする素材に関しては、これらの用語で説明することをしていません。たとえば、光源氏には源高明のほか、色好みとして有名な在原業平や、やはり失脚して左遷された藤原伊周《これちか》の面影もあるといわれていますが、在原業平はこの物語が背景としている時代より前の人物であり、藤原伊周は後の時代の人物です。『河海抄』の用法に従えば、在原業平や藤原伊周は、光源氏造型のための素材であり、今日のことばで言うところのモデルの一人ではあっても、准拠とは別の問題だということになります。准拠という概念は、『源氏物語』が純然たる虚構ではなく、実際にあった出来事に基づいているように装って書かれているということ、それも史実上の特定の時代を背景として意識していること、と密接に関わっているのです。

しかし、『源氏物語』は結局のところフィクションです。源高明にしても、光源氏のように政界に復帰して栄華を極めたというような事実はないわけで、物語を史実に重ね合わせるにしても、すべてが事実そのものに基づいて書かれているわけではありません。実際にあったことを物語の形を借りて描いているという印象を生み出そうとはしているものの、基本的にはフィクションであるということは、当時の読者も理解していたはずです。

むしろ、いったんは失脚して須磨へ流離した光源氏が、政界に復帰し、未曾有《みぞう》の栄華にまでのぼりつめるという、現実の世界では起こりえないストーリーを実現するためにこそ、源高明への准拠は必要だったと考えるべきかもしれません。

准拠は、単に歴史上の事実を素材として物語を組み立てているというだけのことではなく、実在したある時代の人々や出来事を踏まえて書くことで、逆に自由に想像力を羽ばたかせることが可能になるという、一種の創作の方法だったと考えられます。

（土方）

プレテクスト

『源氏物語』と関わりを持つ先行作品や文献をいいます。和歌、漢詩文、物語などの文学作品だけでなく、史実やそれを記した史料なども含みます（➡「准拠」）。大きく捉えれば、「話型」も該当します。「源泉」や「典拠」という古くから用いられている用語とも重なるところがありますが、「源泉」や「典拠」の場合、ある箇所に関わる先行作品等を一つに特定しようとするのに対して、「プレテクスト」の場合は、直接先行作品等をふまえている場合でも、必ずしも一つに限定せず、その関係を広く考えます。さらに、直接ふまえている箇所だけでなく、「関係」そのものを設定して読みが深められる場合にも、「プレテクスト」は認定されます。先行作品から『源氏物語』へ、という方向だけでなく、『源氏物語』との関係からプレテクストの新たな読みを切り拓いてゆくという方向も持ち、テクストの相互関係をダイナミックに捉えるという考え方を支えとしています。

用語としての歴史は比較的新しく、構造主義や記号論の潮流から導入されたものですが、おもしろいことに、中世の『河海抄《かかいしょう》』などがしばしば複数の出典を指摘していることと通じ合うところがあります。なお、プレテクストの中では、とくに和歌が注釈史の中で重んじられてきましたが、それについては「引歌」の項も参照してください。

はじめに、桐壺巻、桐壺帝と桐壺更衣、そして光源氏の関係をとりあげてみましょう。帝と更衣の恋物語は、よく知られているように、『白氏文集』の「長恨歌」をふまえています。これは、いくつもの箇所にはっきりと「長恨歌」の引用が見られることで明らかです。また、「長恨歌」と同じく、玄宗皇帝と楊貴妃の物語を語る「長恨伝」との関わりもあります。たとえば、桐壺巻の冒頭に、

上達部《かんだちめ》、上人《うへびと》なども、あいなく目を側《そば》めつつ、いとまばゆき人の御おぼえなり。

上達部や上人なども、困ったことだと目をそむけていて、まことに目もあてられないご寵愛ぶりである。

とあるところは、「長恨伝」に「京師の長吏之《ちょうりこれ》が為に目を側む」とあるのを、引いています。すぐそのあとに、「楊貴妃のためしも引き出でつべくなりゆく」ともあります。

また、桐壺更衣については、仁明天皇の女御藤原沢子との類似が明白です。天皇から格別の寵愛を受けながら病に倒れ、宮中を出て実家に至りついてすぐに亡くなり、死後、位を追贈さ

れるなど、とてもよく似ています。しかも、この沢子は、のちの光孝天皇の母であるという点で、光源氏ともつながってきます。すなわち、光孝天皇は、もともとほとんど天皇になる可能性のない人でありながら、時の政治力学で担ぎ出されることになりました。しかし、『日本三代実録』には、実は、光孝天皇は若き親王時代、渤海《ぼっかい》の大使が即位を予言し、倭相《やまとそう》（日本の人相見）も同じことを述べていた、という逸話が載せられています。これは、光源氏に対する高麗《こま》の相人の予言などにはっきりと影を落としていますので、帝、夫人、皇子、三者の関係が重なってくるのです。なお、光源氏に対する予言では、ほかに聖徳太子や大津皇子など多くの予言を与えられた人々との関係を見るのもおもしろいでしょう。光孝天皇の逸話からは、光源氏も天皇になる可能性が想像され、聖徳太子はすぐれた為政者のイメージ、大津皇子なら悲劇の主人公、という具合に、さまざまな未来の可能性がちりばめられています。これは、光源氏が須磨に下った折にも、源高明、菅原道真、在原行平、屈原など、数多くの人物との重なりによって、光源氏の運命がさまざまな形で照らし出されることとも、よく似ています。

次に、若紫巻、源氏の紫の上発見から二条院への引き取りまでの物語について、『伊勢物語』との関係に絞って見てみましょう。

まず、初段が大きく関わっています。この場合、『源氏物語』本文には、明確な引用表現という形では、初段は関わっていないようです。しかし、さまざまな形で初段を換骨奪胎しながら、何よりも、巻名「若紫」に初段の昔男の和歌のことばをとりこむ、という関係で深く関わっています。

初段の昔男と光源氏は、かなり対照的です。春日野（都の南）に狩りに出かけた昔男と北山に病気治療に出かけた源氏。同じかいま見でも、「なまめいたる女はらから」を発見した昔男と、祖母にしかられる子どもっぽい少女を見出した源氏。颯爽《さっそう》と一首の和歌を贈った昔男と少女引き取りの交渉に難渋する源氏、等々。しかし、憧れの人藤壺によく似たこの少女に引きつけられた源氏の異常なまでの思いは、昔男の情熱にも等しいものですし、意識的な変更を次々に加えてゆくあたりに、明らかに初段を意識しつつ、まったく別の物語をつくってゆこうとする意図がうかがえるでしょう。

巻名の「若紫」は、昔男の歌「春日野の若紫のすりごろもしのぶの乱れ限り知られず」によっています。「若紫」という語は、若紫巻だけでなく、『源氏物語』の中に一つも用例がありません。『源氏物語』の巻名を誰がつけたかという問題は、実はいまだに未解決で、作者の命名による場合と、読者が関わっている場合といずれもがあるといわれますが、この巻名は、かなり意識的に『伊勢物語』初段からつけられていると見てよいでしょう。しかも、初段の場合は、「若紫」はあくまで若々しい魅力的な女性ということですが、『源氏物語』の場合は、藤壺のゆかりという独自の要素が加わっています。

さらに、この物語には、同じ『伊勢物語』の四十九段も、目立たない形ですが、取り込まれています。紫の上を叱る祖母の尼君が女房と次のような歌を詠み交わしています。

（尼君）生ひ立たむありかも知らぬ若草をおくらす露ぞ消えむそらなき
（女房）初草の生ひゆく末も知らぬ間にいかでか露の消えんとすらむ

これから生い育ってゆく行く末もわからないこの子を残して、消えてゆく露の身は消えようにも消える空がありません。

生えだしたばかりの初草の生い育ってゆく行く末のわからない間に、どうして露が消えようとするのでしょうか。

ここに、『伊勢物語』四十九段の、次のような兄と妹との贈答歌が関わっています。

うら若みねよげに見ゆる若草を人の結ばむことをしぞ思ふ
若々しく根がすばらしそうな若草（共寝をしてみたいあなた）を人が取るのか、と思うのです。

初草のなどめづらしき言の葉ぞうらなくものを思ひけるかな
なんと思いもよらないお言葉でしょう。私はただふつうに兄上のことを慕っていました。

歌の意味はだいぶ異なりますが、「若草」「初草」という語がともに用いられ、しかも、その位置までが一致しています。相当に意図的なことばの配置と思えますが、もしこれが意図的でないとしたら、『伊勢物語』四十九段がいかに深く作者の無意識にまで入り込んでいたか、ということになります。この『伊勢物語』四十九段は、紫の上を二条院に連れてきてから、源氏と紫の上が交わす贈答歌に再びふまえられています。

ねは見ねどあはれとぞ思ふ武蔵野の露わけわぶる草のゆかりを

根を見たことはない（共寝をしたことはない）が、しみじみ心ひかれる、武蔵野の露を分けて見つけることが大変な紫草のゆかりであるあなたを。

かこつべきゆゑを知らねばおぼつかないかなる草のゆかりなるらむ

うらみごとをおっしゃるわけを知らないので、何のことかわかりません。私はどのような草のゆかりなのでしょうか。

四十九段の兄妹の贈答から、源氏と紫の上とにも、兄妹のような関係が彷彿《ほうふつ》とします。同母の兄妹の関係は禁忌ですが、源氏と紫の上との間にタブーはありません。その罪は、源氏と藤壺との関係で起こることであり、紫の上との関係はそうした罪深い源氏にとって、一種の救いの場であったといえます。プレテクストの『伊勢物語』との関係から、さまざまな側面が照らし出されることになるのです。

（高田）

人物描写　じんぶつびょうしゃ

物語に登場する人物の人となりは、容姿・行動・性格など、様々な側面を通して描写されています。

容姿の描写でいうと、『源氏物語』に登場する人物はおおむね美男美女の類ですから、その容姿・容貌の美しさがどのように表現されているかが焦点になりますが、たとえば主人公である光源氏のことが、

なほにほはしさはたとへむ方なく、うつくしげなるを、世の人光る君と聞こゆ。（「桐壺」）

やはり輝くような美しさはたとえようもなく、愛くるしいので、世の中の人は「光る君」とお呼び申し上げる。

と語られても、その美しさはあまり具体的には伝わってきません。他人の目を通した印象とし

て、「たぐひなくゆゆしき御ありさま」(「若紫」)と表現されたり、左大臣家の御曹子で当代きっての貴公子である頭中将も光源氏と並んでは「花のかたはらの深山木《みやまぎ》」(「紅葉賀」)であると、比較の形で強調されたりするのがもっぱらで、目がどうだとか鼻がどうだとかいった具体的な描写はほとんど見られません。

国宝『源氏物語絵巻』の展観を見に行った学生が、「光源氏に髭《ひげ》があるのでびっくりしました」と感想を話してくれたことがあります。この時代の慣習として成人男性は髭をたくわえていたはずですが、光源氏に髭はあったかなかったかというようなことですら、本文には書かれていないのです。

バルザックやプルーストのような近代ヨーロッパの小説を読むと、登場人物がどんな顔立ちでその時どんな服装をしていたかがくどいほど詳細に描写されています。その背景には、作中人物は客体としてそこに存在する対象であり、詳しく描写すればするほど対象が生き生きと浮かび上がるはずだという文学観があります。しかし、『源氏物語』の人物描写は、そのような文学観とは縁がないようです。物語を展開する上で、最小限の人物の印象を表現することはもちろん必要なことなのですが、描写は抽象的かつ類型的な表現にとどめ、あとは読者の想像にゆだねるという書き方がなされているのです。

女性の場合、容姿の描写は、衣服の描写も含めて、男性の場合よりもやや詳細になる傾向がありますが、『源氏物語』の女性描写に特徴的なのは、個々の女性の個性を植物にたとえる手法が見られることです。たとえば、紫の上は、春の桜の盛りの北山で光源氏と出会って以来、春という季節を象徴するような女性として描かれていますが、その美しさは、「春の曙《あけぼの》の霞の間《ま》より、おもしろき樺桜《かばざくら》の咲き乱れたるを見る心地す」（「野分」）のように、一貫して桜の花にたとえられています。植物や花の比喩は、桜ならば美しさと同時にはかなさを、夕顔ならば黄《たそ》昏《がれ》時にひととき咲くだけではかなくしぼんでしまうというように、単に美しさだけではなく、個々の女性の物語の中での存在様態と密接に関わっています。

作中人物の人柄や性格は、地の文の中では、比較的簡潔な形容語によって表現されることが多いようです。六条御息所を「よしあり」（教養がある）、花散里を「おほどか」（おっとりしている）などと形容する類で、それによって大まかな人物の印象が読者の脳裏に刻み込まれることになります。

ただし、地の文の記述はそこでの語り手の目から見られた判断であって、必ずしも客観的な描写というわけではないので、その点には充分に留意する必要があります（➡「語り手」）。従って、ある人物に関して用いられている形容を、ただ用例数という形でピック・アップして、誰それは「らうたき」人として描かれている、というように人物のタイプを把握しようとすることは、あまり有効なアプローチの仕方ではありません。作中人物の描かれ方は、あくまでも個々の文脈に即して、そこでの記述の意味や機能と関連づけながら見ていく必要があります。

作中人物の人柄や性格は、その行動によっても表わされます。女三の宮が、柏木からの恋文を源氏の目に触れやすい所に放置していたのは（「若菜下」）、女三の宮の不注意で未熟な人柄を表わしているし、夕霧が、雲井雁と落葉宮という二人の妻にそれぞれひと月の半分ずつ通っているという記述（匂宮巻）は、彼の律儀《りちぎ》だが面白味に欠ける性格を表わしているといえます。

作中人物が話すことば（会話）も、一種の人物描写になりえます（➡「会話」）。内大臣（頭中将）の御落胤である近江君という女性は、田舎びとの間で育ったせいもあって、品がなく開けっぴろげな性格です。女御への出仕をほのめかす内大臣に対して、近江君は、

「何か、そは。ことごとしく思ひたまひてまじらひはべらばこそ、ところせからめ。大御《おほみ》大壺《おほつぼ》とりにも仕《つか》うまつりなむ」（「常夏」）

「なんのなんの、そんなこと。大げさに考えて出仕したならば、肩が凝るようなこともあるでしょうけれど。便器係でもさせていただければだいじょうぶですわ」

と返事をしますが、気楽に構えれば自分にも宮仕えがつとまると考えているところ、さらに「大御大壺とり」などと汚い便器を話題にするところ（しかも便器に大げさな敬語をつけて！）など、この発言は実に素っ頓狂《すっとんきょう》で、父大臣をすっかりあきれさせてしまいます。でも、ことばづかいは粗野だけれど、この人の素直で無垢な人柄が伝わってくるようで、何となくほほえましいところもありますよね。会話の内容やことばづかいそのものが、立派な人物描写になっている例だといえるでしょう。

和歌や筆跡や楽器の演奏ぶりといった技能に関することもまた、物語の中では一種の人物描写になっています。私たち現代人は、和歌が上手であるとか、流麗な文字を書くというようなことは、それぞれの分野での才能を示すものではあっても、その人の性格、人格とは本質的な関わりを持たないと考えがちですが、古代の人々は、性格と容姿、趣味の傾向や身につけている技術などを別々のこととして峻別するようなとらえ方をしていませんでした。極端な場合、お付きの女房たちが洗練されていなければ、その主たる姫君の人格が洗練されていないという評価に結びつきかねないのです。

このように、『源氏物語』の作中人物に認められる個性は、現代人が抱いている「個人の性格」の概念よりはもっと拡がりのあるものなので、注意する必要があります。

（土方）

自然描写　しぜんびょうしゃ

『源氏物語』には、自然を描いた数多くの叙述があります。いわゆる名場面と呼ばれるものを思い浮かべてみると、多く自然の叙述が含まれていることに気づくでしょう。

しかし、物語において自然が描かれるのはなぜか、と考えてみますと、必ずしも自然そのものを描くことが目的ではないようです。たとえば、『枕草子』のいわゆる随想章段と呼ばれるスケッチ風の文章と比べれば、そのことは、はっきりします。『源氏物語』に限らず、物語は、人間の行動や心情を描くことが中心ですから、自然もまた、それらとの関係で描かれています。また、西欧近代の小説に見られるような精緻な自然描写と比較しますと、ずいぶん性質が異なることもたしかです。どのようなところに着眼すべきか、見ていきましょう。

花散里巻、政治的に苦境に陥った光源氏は、亡き桐壺院の女御であった麗景殿女御の邸を訪れ、昔話をします。女御の妹が花散里の女君です。

二十日の月さし出づるほどに、いとど木高《こ》き影ども木暗く見えわたりて、近き橘の香りなつかしく匂ひて、女御の御けはひ、ねびにたれど、飽くまで用意あり、あてにらうたげなり。

（「花散里」）

二十日の月がさし上ってくるころに、高い木立の影がいよいよ暗く広がって見え、軒端に近い橘の香りが心ひかれるように匂ってきて、女御のご様子は、お年を召されてはいるが、あくまでも心づかいが行き届いていて、気品があって頼りない風情である。

五月のことです。引用箇所の直前に「夜も更けにけり」とあり、それを受けて二十日の月の出が語られます。月の光によって、木の下闇が一層深くなり、そうした闇の広がりの中、橘の香りが漂ってくる、というのです。ここで橘が出てくるのは、単に夏の景物だからというわけではありません。ここに描かれる自然は、単なる背景として情趣を添えるというようなものではなく、橘であることがぜひとも必要なのです。なぜなら、橘は、有名な次の歌によって、昔を思い出すよすがとなる景物だったからです。

五月待つ花橘の香をかげば昔の人の袖の香ぞする　（古今集・夏・よみ人しらず）

五月を待って咲く花橘の香をかぐと、昔の人の袖の香りがする。

そのような自然のお膳立てを経て、しみじみと懐旧の情を共有する場面が開かれてくるのです。したがって、自然描写を読み解くときには、まず第一にそこに描かれる景物についてよく考えなければなりません。それも、実際の姿形や生態ということよりも、和歌などによって培われたその景物の性質に注意することが必要です。

次に、自然描写がなされる場面での作中人物との関係です。

はるけき野辺を分け入りたまふより、いとものあはれなり。秋の花みなおとろへつつ、浅茅《あさぢ》が原もかれがれなる虫の音に、松風すごく吹きあはせて、そのこととも聞きわかれぬほどに、物の音ども絶え絶え聞こえたる、いと艶《えん》なり。（「賢木」）

はるばるとした野辺を分け入っていくと、まことにしみじみとした哀感が漂っている。秋の花はどれもこれもしおれて、浅茅の生えた原も枯れている、そこに鳴きからした声で泣く虫の音に、松風が冷え冷えと吹き合わせて、何の曲（楽器）とも聞き分けられないくらいに、楽の音がかすかに絶え絶えに聞こえてくるのは、まことにえもいわれぬ風情がある。

光源氏が野宮に六条御息所を訪ねてゆく場面です。『源氏物語』中でも屈指の名場面と言われています。六条御息所は、娘の斎宮とともに伊勢に下向するための準備として野宮に籠もっています。それは、光源氏と別れるためでした。源氏は、そこへ最後の別れを告げに訪れるのです。もの寂しい秋の野宮の風情は、やはりただの舞台ではありません。野辺に分け入るやいなや、そこは「ものあはれ」という一つの情感に満たされた世界として立ち現れてきます。もちろん、そこに源氏との別れの悲しみを堪えながら日々を送る六条御息所がいるからです。しおれた秋の花や枯れ枯れの浅茅、その目に見える情景から、「かれがれ」の掛詞によって虫の音という音に転じ、松風が響き合い、さらに御息所と仕える女房たちの楽の音が聞こえてきます。自然の描写が音のハーモニーによって、琴の演奏と人間の営みになめらかにつながってゆくのです。自然と人事のみごとな調和が図られています。また、松風と琴との交響には、

琴の音に峰の松風かよふらしいづれの緒よりしらべそめけむ

（拾遺集・雑上・斎宮女御）

琴の音に峰の松風が響き合っているようだ。いったいどの絃、どの尾（「峰」の縁語。「尾根」という意味）から音を整えはじめたのであろうか。

という歌をふまえています。そこには、実在の斎宮女御と六条御息所との境遇の類似という条件も重なっていますが、ここでは、その点には深入りしません。

以上のように、この場面では、自然と人事との調和が見られるわけですが、よりいっそう注意すべきことは、描かれた自然が六条御息所の状況や心情と深く関わること、もう少しいえば、

その象徴にすらなっているということです。
衰えた秋の花や枯れ枯れの浅茅は、源氏との長年の関係に疲れ果てた六条御息所を暗示しますし、「かれがれなる虫の音」も、泣きからした六条御息所の姿を彷彿《ほうふつ》とさせます。「絶え絶え」に聞こえてくる楽の音は、あたかも、六条御息所が切れ切れにもらす嗚咽《おえつ》の声のようにも聞こえます。もちろん、一々このように自然を人間の姿に引き当てる必要はありませんが、そう見ることもできるほど、自然と人間とが一体になっているのです。
このような自然描写と人間の存在や心情との関わりは、『源氏物語』じたいがすでに注意していたことでした。源氏が空蟬との逢瀬の翌朝に迎えた場面です。

月は有明にて光をさまれるものから、影さやかに見えて、なかなかをかしきあけぼのなり。何心なき空のけしきも、ただ見る人から、艶にもすごくも見ゆるなりけり。
（「帚木」）

月は、有明で光が弱くなっているものの、形ははっきりと見えて、かえって風情のある曙である。無心の空の様子も、ただ見る人によって、魅力的にも殺風景にも見えるものであった。

風景というものが客観的に存在しているというより、見る人の気持次第でいろいろと見え方が変わるものだ、というこの叙述は、自然が人間の気持ちとつながったものとして存在している、という考え方に基づいています。こうした考えが基盤にあるからこそ、『源氏物語』の自然描写は、多くの場合、作中人物の心情と不可分のものとしてなされているわけです。

（高田）

場面　ばめん

古代の物語にとって、場面は、物語を構成するもっとも基本的な単位の一つといってよいでしょう。物語の素朴な形は、場面の積み重ねを叙述でつないでゆくというものでした。場面の多くは、作中人物の対面や会話、あるいは風景描写などですが、『源氏物語』では、単に場面を積み重ねてゆくだけではなく、場面の構え方や場面の描き方にさまざまな工夫が凝らされているので、その点に注意して読むことが大切です。

次は、六条御息所を訪れた光源氏が、朝になって帰るところの場面です。

霧のいと深き朝《あした》、いたくそそのかされたまひて、ねぶたげなる気色にうち嘆きつつ出でたまふを、中将のおもと、御格子一間上げて、見たてまつり送りたまへとおぼしく、御几帳ひきやりたれば、御頭《みぐし》もたげて見出したまへり。前栽《せんざい》の色々乱れたるを、過ぎがてにやすらひたまへるさま、げにたぐひなし。

（「夕顔」）

霧のまことに深い朝、（源氏が）お帰りをしきりにせきたてられて、眠たそうな様子でため息をつきながらお出ましになるのを、中将のおもとが、御格子を一間だけ上げて、お見送りなさいませという心づかいからか、御几帳を引きのけたので、女君は御頭を上げて、外を御覧になった。庭の植え込みが色とりどりに咲き乱れているのを、そのまま見過ごしがたそうに立ち止まっていらっしゃる源氏の君のご様子は、いかにも類ないお美しさである。

後朝《きぬぎぬ》の別れの場面ですが、すでに、源氏の六条御息所への思いは冷めており、ここも渋々帰るふりをするという演技です。その源氏の姿を主人に見送らせたいと思う女房（中将のおもと）の動作、それを受けた御息所の身体の動き、そしてたたずむ源氏の姿。ある秋の朝の情景が読者の目にくっきりと刻印されます。その場面を「げにたぐひなし」と一旦語り収めてゆく語り手のことばが、一段とこの場面の印象を鮮やかにしています。描写を詳しくするだけが場面を生かす方法ではないことを読みとってください。

このあと、源氏は、この魅力的な中将という女房に戯れの歌を詠みかけ、中将はそつなく返歌を返すという、なかなか印象的な展開になります。召使いの少年が朝顔の花を折りとってくる情景が「絵に描かまほしげなり」と締め括られます。場面の持つ視覚性を端的に表した表現ですが、男女の朝の別れの情景を大和絵でおなじみのものとして読者の連想に委ねることによって場面を切り上げてゆく方法にもなっています。

さて、この場面についてもう一つ重要なことは、それに先立つ源氏の訪問という出来事を述べていないということです。この場面の前には、源氏は、なかなかなびかなかった六条御息所とようやく恋仲になった後、一転して熱心でなくなった、という経過が述べられています。この場面の直前の一文は、

女は、いとものをあまりなるまで思ししめたる御心ざまにて、齢のほども似げなく、人の漏り聞かむに、いとどかくつらき御夜離《よが》れの寝覚め寝覚め、思ししをるることいとさまざまなり。

女は、まことにいささか度を越してものを思いつめるご気性で、年齢も不釣り合いだと人が漏れ聞くこともあるだろうから、いよいよこうした恨めしい夜離れの寝覚めには、さまざまなもの思いにうちしおれていらっしゃる。

とあります。女はものを思い詰める性格で、年齢も不釣り合いのようで、源氏の夜離れに寝覚めがちで苦しんでいる、というのです。ここから「霧の深き朝……」と続きます。源氏と御息所の状況を語れば、もはや源氏の訪問という事実はくどくどと語る必要はなく、いきなり場面に切り込んでゆく、という運びです。状況から場面へと直結させるこの書き方は、その逆のケー

スも含めて、この物語の叙述に大きなアクセントを付けているのです。
次は、源氏に娘を預けようかどうしようか煩悶する明石の君を描く場面です。

雪かきくらし降りつもる朝《あした》、来し方行く末のこと残らず思ひつづけて、例はことに端近なる出でゐなどもせぬを、汀《みぎは》の氷など見やりて、白き衣どものなよよかなるあまた着て、ながめゐたる様体、頭つき、後手《うしろで》など、限りなき人ときこゆとも、かうこそはおはすらめ、と人々も見る。落つる涙をかき払ひて、「かやうならむ日、ましていかにおぼつかなからむ」とらうたげにうち嘆きて、

雪深みみ山の道は晴れずともなほふみかよへあと絶えずして

とのたまへば、乳母《めのと》うち泣きて、

雪間なき吉野の山をたづねても心のかよふあと絶えめやは

と言ひ慰む。（「薄雲」）

雪が空を真っ暗にして降り積もった朝、これまでのことこれからのこと、尽きることなく思い続けて、いつもはそれほど端近なところまで出たりはしないのに、今日は汀の氷などに目をやって、白い衣の柔らかくなったのを何枚も着重ねて、もの思いをしている姿、髪型、後ろ姿などは、この上なく高貴な人と申し上げても、これ以上ということはないだろう、と女房たちも見る。（明石

の君は）落ちる涙を拭って、「これからは、こんな日には、いままで以上にどんなにか不安なことでしょう」と痛々しい様子でため息をつき、

雪深み……（雪が深いために深い山の道は晴れないとしても、やはり踏み通って、手紙を通わせてください、途絶えることなく）

とおっしゃると、乳母は泣いて、

雪間なき……（たとえ雪の晴れ間もなき吉野の山を訪ねてでも心を通わせる跡が絶えることがありましょうか）

と言って慰めている。

引用が長くなりましたが、この場面はぜひともよく味わってほしい箇所の一つです。明石の地で出会った光源氏と明石の君でしたが、源氏は都に戻り、いまや内大臣になっています。一方、明石の君は、源氏からの上京の催促にようやく応じて、都の西の大堰に姫君とともに来ています。源氏は、二条東院に入るよう、明石の君に求めますが、他の女君との関係を懸念する明石の君はこれに応じないため、源氏は、姫君だけでも引き渡すように求めました。明石の君は、悩みに悩んだ末、娘の将来のために源氏と紫の上に委ねる決心をした、そんなある朝の場面です。

雪の降り積もる冷え冷えとした風景は、娘を源氏に渡す決意をした明石の君の内面の悲しみそのものです。白い雪と白い衣、その白一色の世界は、美しさというよりも、生きることの悲しみや厳しさを象徴して、不安と絶望が結晶した風景になっています。乳母も姫君とともに源氏のもとへ行かなければなりません。一人取り残される思いで、明石の君は乳母に歌を詠みかけます。この乳母は、姫君が生まれた折、源氏が京から遣わしてくれた人で、ともに姫君を育ててきた仲です。贈答歌には二人の真率な情があふれていますが、風景と人物の描写と相俟って、癒しがたい悲しみの世界が広がります。二人がくどくどと会話を交わすのではなく、その悲しみを贈答歌に凝縮させたところも、この場面を引き締まったものにしています。物語が、情景と人物の内面・行動とをどのように関係づけて語っているか、という点が、場面を読み解く時の大切なポイントです。

（高田）

視点　してん

視点とは、point of view の訳語で、物語の世界を見ている位置のことを言います。また、語り手が物語の世界の中のことをすべて知っているという前提で語られている場合を〈全知視点〉、語り手が特定の人格として形成され、その人物の知り得た範囲のことのみを叙述している場合を〈限定視点〉と呼ぶことがあるように、語り手に与えられた性格や、語り手の物語の世界に対する関わり方のことをいう場合もあります（➡「語り手」）。

二三日かねて、夜に隠れて大殿《おほいとの》に渡りたまへり。網代車《あじろぐるま》のうちやつれたるにて、女車《おむなぐるま》のやうにて隠《かく》ろへ入りたまふも、いとあはれに、夢とのみ見ゆ。（「須磨」）

出発の二、三日前、（源氏の君は）夜陰に紛れて左大臣邸を訪問なさった。網代車の粗末なものにお乗りになって、女車のように装ってこっそりとお入りになるのも、本当においたわしく、夢かとばかり思われる。

これは、光源氏が須磨へ退去する決心をして、左大臣邸に暇乞《いとま》いに訪れる場面です。光源氏は謀反《むほん》の罪をきせられ、罪状を喚問される瀬戸際までいっているので、公然と左大臣邸に出入りするわけにはいきません。そこで身をやつしてこっそりと訪問するのですが、引用の末尾に「夢とのみ見ゆ」とあることに注目しましょう。

冒頭の「夜に隠れて大殿に渡りたまへり」では、光源氏が左大臣邸を訪れたという出来事を客観的に述べていますが、末尾の「夢とのみ見ゆ」という表現には、身をやつして左大臣邸に入った光源氏一行を傍らから眺め、深い同情を注いでいる人の眼差しが感じられます。

光源氏を見ている主体として具体的に考えれば、それは左大臣家に仕え、かつて婿《むこ》として華やかに出入りしていた光源氏の姿を記憶している女房か誰かの眼差しだということになるのですが、このように、ただ出来事を外側から記述するだけでなく、ときには物語世界の内部に設けられた視座から出来事を観察し、記述に臨場感をもたらしたり、出来事や場面を主観的な印象とともに表現するという手法がしばしば用いられています。

物語文学にしばしば見られるパターンとして、作中人物の誰かがひそかに誰かの姿をのぞき見る（普通は男性が女性をのぞき見る）場面があり、「垣間見《かいまみ》」と呼ばれていますが（➡「場面」）、「垣間見」の場面は、対象を見る視点の位置がとりわけ強く意識させられる場面です。

次の例は、晩秋、宇治の八の宮邸を訪れた薫が、宇治の姉妹を偶然垣間見る場面です。

内なる人、一人は柱にすこしゐ隠れて、琵琶《びは》を前に置きて、撥《ばち》を手まさぐりにしつつゐたるに、雲隠れたりつる月のにはかにいと明《あか》くさし出でたれば、「扇ならで、これしても月はまねきつべかりけり」とて、さしのぞきたる顔、いみじくらうたげににほひやかなるべし。添ひ臥《ふ》したる人は、琴の上にかたぶきかかりて、「入《い》る日をかへす撥こそありけれ、さま異《こと》にも思ひおよびたまふ御心かな」とて、うち笑ひたるけはひ、いますこし重りかによしづきたり。「およばずとも、これも月に離るるものかは」など、はかなきことをうちとけのたまひかはしたるけはひども、さらによそに思ひやりしには似ず、いとあはれになつかしうをかし。

（「橋姫」）

室の中にいる人の、一人は柱に少し隠れた形で、琵琶を前に置いて、撥を手でもてあそびながら坐っているが、雲に隠れていた月が急にとても明るく射してきたので、「扇ではなくて、これでも月を招き寄せることができるようよ」といってさしのぞいた顔は、とてもかわいらしく華やかな感じである。傍らに臥している人は、琴の上にもたれかかって、「沈む陽を呼び返す撥があったというけれど、変わったことを思いつきなさることね」といって笑っている様子は、もう一人よりは落ち着いていて思慮深そうである。「そこまでは無理だとしても、これも月に縁がないわけではないわ」などと、とりとめもないことばをくつろいで交わしていらっしゃるお二人のご様子は、頭で想像していたのとはまったく違って、とてもすばらしく、惹きつけられるように魅力的である。

姉妹の姿を庭ごしに垣間見している薫の眼差しと一体化しつつ描写がなされているため、「一人は」「添ひ臥したる人は」と、どちらが姉でどちらが妹かわからないような語り方になっています。琵琶を手にして手前にいる方が妹の中君、奥で琴に寄りかかっている方が姉の大君と考えられますが（逆と見る説もあります）、ここでは、手前にいる女性は「いみじくらうたげににほひやかなるべし」すなわちかわいらしく華やかな感じの人、奥にいる女性は「いますこし重りかによしづきたり」すなわち落ち着いた思慮深そうな感じの人と描写されています。明るくかわいらしい中君に対して、落ち着きのある大君と、二人の印象が対照的にとらえられているわけですが、これはあくまではじめて二人の姿を目撃した薫の主観においてとらえられた姉妹の第一印象です。

その時耳にした会話の印象も手伝って、薫は瞬間的に二人を対照的な雰囲気と性格の持ち主と受け取り、そのイメージが、姉妹に対する薫のその後の対応の仕方を拘束し続けます。この垣間見の場面は、薫の眼差しがある種の思いこみにつながるという意味で、作中人物相互の見る＝見られる関係が物語のその後の展開に影響を与える重要な場面なのです。

このように、特定の視点から描かれた出来事や場面は、あくまでも見ている主体の主観に彩られた印象なのであり、客観的な描写というわけではないということに注意をする必要があります。

初めに述べたように、出来事を描写する視座が物語世界の外部に置かれているか内部に置かれているかという問題とは別に、語り手に与えられた性格や、語り手と物語世界との関係も、視点の問題として捉《とら》えられることがあります。

たとえば、首巻の桐壺巻では、語り手は帝のことを語ったり、弘徽殿の女御のことを語ったり、周囲の宮廷人のことを語ったりというように、桐壺更衣の入内に始まる出来事を俯瞰《ふかん》的に語っていますが（全知視点）、靫負命婦《ゆげいのみようぶ》が更衣の里邸に弔問に訪れる場面では、基本的に場面が命婦の目から見た情景として語られています。

この場面は、まず、

命婦、かしこにまで着きて、門引き入るるよりけはひあはれなり。（「桐壺」）

命婦が更衣の里邸に到着し、門から車を引き入れるやいなや、ものさびれた雰囲気があたりに漂っている。

と始まりますが、「けはひあはれなり」という表現は、地の文ではあるけれど、半ばは到着して邸の様子を眼にした命婦の印象に寄り添っている記述です。以下、この場面はずっと命婦の側の視点から記述されていくため、母北の方との対話を描くに際しても、北の方の仕草や話したことの内容は述べられていても、その心の中まで入り込んで記述されることはありません（限定視点）。

ストーリーに沿って出来事の進行を概略的に語る部分では全知視点で語り、出来事を一つの場面として語る部分では作中人物の目に寄り添った限定視点で語る、というような使い分けが、桐壺巻での基本的な記述のあり方だと言ってよいでしょう。

この物語においてはしばしば、後者のように、物語世界の中に設けられた視点から出来事を語ることで、読者に与えられる情報がたくみに制御されています。出来事をあえて特定の主体的な視点から語ることで、出来事の全貌や全体的な意味を読者の想像の裡に委ねることが企てられているのです。

このように、視点の問題は、ストーリー、語り、語り手、描写（➡「人物描写」）などといった様々な問題と密接に関わる大事な読みのポイントです。

（土方）

敬語　けいご

桐壺巻の、更衣が発病して重体に陥《おちい》るくだりに、次のような記述があります。

いとにほひやかにうつくしげなる人の、いたう面痩《おもや》せて、いとあはれとものを思ひしみながら、言《こと》に出でても聞こえやらず、あるかなきかに消え入りつつものしたまふを御覧ずるに、来し方行く末おぼしめされず、よろづのことを泣く泣く契《ちぎ》りのたまはすれど、御答《いら》へもえ聞こえたまはず、まみなどもいとたゆげにて、いとどなよなよとわれかの気色《けしき》にて臥《ふ》したれば、いかさまにとおぼしめしまどはる。（「桐壺」）

とてもつややかでかわいらしい人が、たいそう面やつれして、心から悲しく思い沈みながら、それを口に出して言うこともできず、息も絶え絶えにしていらっしゃるのをご覧になると、（帝は）前後のこともわからなくなって、様々なことを泣く泣くお約束になるけれども、それにお返事もできず、眼差しもたいそう力なく、弱々しく正体もない様子で臥《ふ》していらっしゃるので、（帝は）

どうしたらよいのかと心惑《まど》っていらっしゃる。

前半は病篤い桐壺更衣の有様の描写で、更衣に対して「ものしたまふ」と敬語が用いられています。そのあとに「御覧ずるに」という述語が出てきますが、「御覧ず」は「見たまふ」などに較べるといっそう重い敬語なので、桐壺帝が主語であることがわかります。それからしばらくは帝が主語のままで「おぼしめす」「のたまはす」とやはり重い敬語が続き、次の「御答へもえ聞こえたまはず」は動作の主体と客体の双方に敬意を払う形式なので、更衣が主語で、客体である帝に向かって「返事をすることができない」という意味の敬語表現になります。それからまた更衣の病状の記述になりますが、それを「いかさまにとおぼしめしまどはる」と帝を主語とする重い敬語表現で受けることで、帝が見守っている更衣の表情として描写されていることがわかります。

『源氏物語』の文章は、主体や客体を必ずしも明示しない仮名文で書かれているので、述語に付属している敬語動詞によって、主語を暗示的に示したり、人物関係を伝える技法が高度に発達しています。引用した本文で言えば、ここでは主語が帝と更衣の間を行ったり来たりしているのですが、敬語に注目することで、それぞれの述語に対する主語が読者に明確に伝わるような書き方になっています。

全体としては、更衣の病状を見守る帝の側の視点から語られている文脈だといえますが、その中に「聞こえやらず」「え聞こえたまはず」と、更衣を主語としつつ客体である帝への敬意をも含む表現が織り込まれることで、苦しい息の下から必死で帝に何かを伝えようとしているような更衣の気息が伝わってきますし、帝を主語とする部分ではことさらに重い敬語が用いられることで、天皇という至高の存在にとってもどうにもならない、死という厳粛なものの手によって更衣が連れ去られようとしているという緊迫感も伝わってきます。

このように、敬語は単に主語や身分の上下関係を表わすだけではなく、物語の表現に奥行きと精細なニュアンスを添える働きをしているものなのです。『源氏物語』は身分の上下関係にうるさい貴族社会を背景にしているから、敬語がうんざりするほどたくさん出てくるのだと単純に理解したり、敬語の部分は面倒だから飛ばして読んでもストーリーは追えると割りきって考えたりするのでは、この物語を味わいつくすことはできません。敬語の部分から伝わってくる微妙なニュアンスや心理の綾こそが、この物語の真に豊かな部分なのだといってもいいほど、敬語は大切な読みどころなのです。

光源氏は、都を離れた明石の地で、明石の入道の一族にめぐりあいます。入道の娘、明石の君は土着した受領の娘ですから、本来ならば光源氏の妻になるような身分の人ではありません。はじめて登場する際にも、「（父入道は）内に入りてそのかせど、むすめ（明石の君）はさらに聞かず」（明石巻）と敬語なし、以後もずっと敬語が使用されていません。紫の上が登場してまもなく、まだ幼い少女であるにも関わらず、「この若君（紫の上）、幼心地《おさな》に、（源氏の君を）めでたき人かなと見たまひて、「宮（兵部卿宮。紫の上の実父）の御ありさまよりもまさりたまへるかな」などのたまふ」（若紫巻）と、きちんと敬語で待遇されているのと対照的だといえるでしょう（紫の上は親王家の姫君で皇族です）。

その明石の君は、光源氏のただ一人の姫君を生みますが、姫君が将来のお后候補としてクローズアップされてくるにつれて、その母である明石の君に対してもしばしば敬語が用いられるようになります。

そして、いよいよ姫君が東宮妃となり、明石の君が東宮妃の母君として後宮を立派に整えていることが報告されるところでは、

はかなきことにつけても、あらまほしうもてなしきこえたまへれば、殿上人なども、めづらしきいどみ所にて、とりどりに、さぶらふ人々も、心をかけたる女房の用意ありさまさへ、いみじくととのへなしたまへり。（「藤裏葉」）

（明石の君は）些細なことについても、理想的な様子に整えなさるので、殿上人なども、この宮こそは風流を競い合うのにうってつけの所と思うほどで、（また明石の君は）お仕えしている女房た

ちに対しても、そのたしなみや風姿などに至るまで、全面的に監督し、面倒を見ていらっしゃる。と、きちんと敬語が用いられるようになります。それは彼女がかつてのような不安定な身分ではなく、東宮妃の生母として確固とした地位を獲得したことの証ともいえるでしょう。

明石の君に対する敬語の使い方は、物語が進行する中でこのように変化しているであり、またそのことが明石の君の立場の変化を生き生きと読者に伝えているのです。

作中人物の呼称や動作につく敬語は、まずそれぞれの人物の社会的な身分、地位を表わす指標となります。それは語り手から見た絶対的な身分の上下だけではなく、作中人物相互の意識や感情が投影された、かなり主観的なものである場合もあるでしょう（➡「人物描写」）。

さらには、身分の上下ということのみならず、個々の人物の物語の中での位置づけ、重さによっても、敬語の使用は微妙な影響を受けます。

敬語は、ことばを発する人の、発話の相手や、話題にしている人物に対する感情、配慮の結果なので、心の動きと同じような微妙な色合いと変化の様相を持っています。その微妙な感情のニュアンスの部分にきわめて多くの情報を託しているのが、『源氏物語』という作品なのです。

（土方）

人物呼称　じんぶつこしょう

『源氏物語』のほとんどの作中人物は、実名では呼ばれていません。「光源氏」というのももちろん通称で、本名は「源のなにがし」と言ったはずですが、それは明らかにはされていません。実名で登場するのは、光源氏の家来である惟光《これみつ》や良清《よしきよ》、匂宮の家来である時方《ときかた》や道定《みちさだ》のような男たちで、身分の低い端役クラスの者に限られています。身分のある人物は、男性も女性も実名では呼ばない、実名は明らかにしない、というのが、この物語の方針です（玉鬘巻で、右近が口にする「藤原の瑠璃君」という名は、玉鬘の幼名かと思われますが、初瀬の観音に祈願することばの中での発言であり、例外的なものです）。

男性の作中人物は、「光源氏」のように通称で呼ばれるほかは、「源氏の中将」「宰相の中将」のように官職名で呼ばれるのが一般的です。「君」「源氏の君」などは、より一般的な呼び方であり、それに対して「宰相の中将」などと官職名で呼ぶ場合には、官人としての公的な立場を意識した、より重々しさの加わった呼び方になります。「大殿の頭中将」のようにさらに家柄を意識した語が付く呼び方もあり、これは「左大臣の子息であり、頭中将の職にある人」ということですから、次代の政権を担うべき、権門出身のエリート官僚、というニュアンスが強くなります。

女性の場合、まず読者の念頭に浮かぶのは、「紫の上」「夕顔」といったみやびやかな通称ですが、実際には、公職にある場合には「尚侍《ないしのかむ》の君」のように官職名で呼ばれ、そうでない場合には「大殿の君」（葵の上）・「朱雀院の女三の宮」のように出自で呼ぶか、「六条御息所」のように居住場所で呼ぶほかは、単に「君」「若君」「姫君」等の呼び方で、文脈から誰のことかを判断させる、という書き方が多いようです。物語中の重要な場面や和歌に基づき、「かの夕顔」とか「花散里」と呼ぶような呼称が印象的なので、女性にはみなそうした風雅な通称が与えられているように思いこみがちですが、実際にはそのような呼び方をされる箇所はそれほど多くはありません。

一般に流通している作中人物の通称には、実際に物語の中で使われている呼称と、後の時代の読者が便宜上用い、それが定着したものとがあるので、注意が必要です。

「光源氏」「紫の上」「藤壺の宮」などは本文中に出てくる呼称ですが、「葵の上」「玉鬘」「夕霧」「浮舟」などは、後の時代の呼び方が慣習として定着したもので、本文中にそういう呼び方が出てくるわけではありません。これらの通称は、それぞれの人物がもっとも印象的な役割を演じている巻の巻名に由来していますが、作者のあずかり知らぬところなのです。だから、紫式部の霊を呼び出して、「葵の上という人は、本当はかわいそうな女性ですね」などと感想を述べても、作者からは「え？　葵の上って誰？」という反応しか返ってこないことでしょうね。

賢木巻では、巻頭以来ずっと、光源氏は、次のように、「大将」「大将殿」などと呼ばれています。

大将の君、さすがに今はとかけ離れたまひなむも口惜しくおぼされて、御消息ばかりはあはれなるさまにてたびたび通ふ。（「賢木」）

大将の君（源氏）は、（六条御息所が）遠くへ行っておしまいになるのをさすがに名残惜しいとお思いになって、お手紙ばかりは心をこめてたびたびお出しになる。

朱雀帝の御代になり、父桐壺院も崩御した後のこの時期には、光源氏は右大臣・弘徽殿側から疎《うと》んじられ、「まして大将殿は、ものうくてこもりゐたまへり」という有様なので、源氏が「大将」と呼ばれるたびに、近衛大将という、本来ならば政治の中枢にあるべき人が疎外されているという状況の異常さが伝わってくるようです。
その光源氏は、寂寥《せきりょう》に耐えかねたかのように、三条の宮にいる藤壺宮を訪れ、かきくどくのですが、この場面で突然、

男は、うし、つらしと思ひきこえたまふこと限りなきに、来し方行く先かきくらす心地して、うつし心失《う》せにければ、明けはてにけれど、出でたまはずなりぬ。

男は、悲しく恨めしくお思いになることこの上なく、前後のこともわからなくなるような気持ちがして、分別心も消し飛んでしまったので、すっかり夜が明けてしまったけれど、お帰りにならないままに居座ってしまった。

と、「男」と呼ばれています。藤壺宮と二人きりのその瞬間、光源氏はいっさいの社会的立場をかなぐり捨てた一人の「男」になっている、と感じられるような呼び方です。このように、男女が対座する場面において、主要な作中人物が単に「男」「女」と呼ばれることがときどきあり、それはその場面が恋の情趣の横溢《おういつ》する特別な場面であることを物語っているといえます。
もっとも、賢木巻のこの場面では、光源氏が「男」と呼ばれているにもかかわらず、藤壺宮のほうはついに「女」とは呼ばれず、「宮」と呼ばれ続けています。いうまでもなく、藤壺は源氏の父桐壺院の中宮だった人であり、しかもここは桐壺院の崩御から間もない時期のことで

す。それゆえ、藤壺との魂の交流を希求する光源氏に対して、藤壺はここでも決して同じ次元にまで降り立とうとせず、厳しく己れを持して拒絶し続けるのですが、そのような二人の意識の違いが、この向き合わない呼称から感じとれるのです。

藤壺宮はこのあとまもなく、桐壺院の一周忌を待って、光源氏との因縁を断ち切ろうとするかのように突如出家を遂げるのでした。

『源氏物語』ではこのように、同一の人物に対して多様な呼称が使い分けられています。その呼び方の違いは、それぞれの場面におけるその人物のとらえ方、人物を描く視点や印象と密接に関わっています（➡「視点」）。たとえば一つの巻の中でも、ある人物がどこでどのように呼ばれているか、その呼称の使い分けを比較して眺めてみると、いろいろなことが見えてきて得るところが多いのではないでしょうか。

（土方）

会話　かいわ

作中人物が交わす会話は、物語を構成する場面としてもっとも基本的なものの一つです。会話によって、人物の思考や感情が明らかになりますが、心内語と異なる点は、それが相手に向けられたものであることです。したがって、いかなる場でいかなることばが交わされたかということにつねに注意を払う必要があります。

はじめに、会話の形式面、すなわち、会話がどのように書かれるか、という問題をとりあげます。会話は、作中人物が声に出して交わされるものですが、物語ではそれを語ったことばそのままに直接書き表す場合と、内容を要約した形で書く場合があります。英文法の用語にならって、直接話法と間接話法と区別してもよいでしょう。しかし、注意すべきことは、その区別はあくまで便宜的なものだということです。たとえば、夕顔巻、もののけの女が現れたのち、源氏は、邸の留守番の子に、惟光が来ていたはずだがどうしたかと尋ねます。それに対して、次のような答えが返ってきます。

「さぶらひつれど仰せ言もなし、暁に御迎へに参るべきよし申してなむ、まかでははべりぬる」と聞こゆ。（「夕顔」）

「控えていたが、仰せ言もない、明け方にお迎えに参上するということを申しまして、退出いたしました」と申しあげる。

このことばの中に惟光のことばが引用されています。はじめの「さぶらひつれど」は、惟光のことばとも、留守番の子のことばともとれますが、「仰せ言もなし」からは惟光のことばで、直接話法といえます。それが、「参るべきよし」と間接話法になって閉じられてゆきます。直接話法で通すならば、「『……参るべし』と申して」となるところでしょう。留守番の子の会話の中に引用されているために、間接話法になりやすかったものと思われます。直接話法と間接話法という区別をあらかじめ設けてしまうと、こうした例は話法の区別が曖昧ということにもなりますが、その区別を厳密に適用しようとすることが、文章そのものにそぐわないのだといえます。英語でも、直接話法でも間接話法でもない、描出話法というものがありましたね。

このように、直接話法と間接話法とが融合する例からもわかるように、会話という作中人物の独立した行為でも、いかに語られるかという問題と無縁ではありません。会話と地の文の境目が明らかでないという例すらあるのです（➡「うつり詞」）。

次に会話の内容面に関わる問題です。
光源氏が須磨に下っていた折、となりの明石の地では、明石の入道と北の方が源氏のことを話題にしていました。入道は、娘のことでかねてから特別な望みがあり、源氏が近くに来たのも何かの縁であり、ぜひ娘を源氏と娶《めあわ》せたい、と言います。しかし、北の方は、源氏は帝の妻との過ちで流されてきた人でもあり、また、自分たち風情の娘など顧みてくれるはずもない、と反発します。北の方のことばです。

などか、めでたくとも、ものの初めに、罪に当たりて流されておはしたらむ人をしも思ひかけむ。さても、心をとどめたまふべくはこそあらめ、戯れにてもあるまじきことなり。（「須磨」）

どうして、いくらすばらしい方といっても、初めての結婚に、よりによって罪をこうむって流されていらっしゃるような方を期待しましょうか。それでも、お心をとめてくださるならともかく、ほんの軽い気持でもありえないことでしょう。

入道の異常ともいうべき望みに対して率直に反論する北の方のことばは、むしろそれが当然の常識的な判断といえましょう。ところが、これに対して入道は次のようにことばを返します。

「罪に当たることは、唐土《もろこし》にもわが朝廷《みかど》にも、かく世にすぐれ、何ごとにも人にことになりぬる人の必ずあることなり。いかにものしたまふ君ぞ。故母御息所は、おのがをぢにものしたまひし按察《あぜち》大納言の御むすめなり。いと警策《かうざく》なる名をとりて、宮仕に出したまへりしに、国王すぐれて時めかしたまふこと並びなかりけるほどに、人のそねみ重くて亡せたまひにしかど、この君のとまりたまへる、いとめでたしかし。女は心高くつかふべきものなり。おのれ、かかる田舎人なりとて、思し捨てじ」など言ひゐたり。

（「須磨」）

「罪にあたることは、唐土でもわが朝廷でも、このように世の中ですぐれていて、何ごとにおいても人とは違って抜きん出てしまった人には必ずあることなのだ。あの源氏の君はどのようなお方だと思っているのだ。亡くなられた母御息所は、私の叔父でいらした按察使大納言のご息女なのだ。格別にすぐれた方という評判で、宮仕えにお出しになったところが、国王の特別の寵愛をいただいたことがほかに並ぶ者のないほどだったために、ほかの人からひどい嫉妬を受けて亡くなってしまわれたが、この君がお残りになっていらっしゃるのは、まことにすばらしいことなのだ。女は、気位を高く持たなければならない。私がこんな田舎の民であるからといって、けっしてお見捨てにはなるまい」などと言っている。

北の方との言い合いの中から、これまで物語に語られていなかった衝撃的な事実、すなわち明石の入道と光源氏とは血縁関係にあるという事実が明らかにされます。明石の入道とその娘については、若紫巻で、源氏の供人達が、身分の高い人との結婚を夢みる異様な人々として話題にしていたのですが、ここで源氏との血縁関係という新事実を示すことによって、物語の新たな展開を期待させることになります。桐壺更衣の名前が出るのも久しぶりです。

ここでは、入道と北の方の会話は、単に源氏の噂話をする夫婦のものではなく、これまで物語に語られてこなかった新しい事実を示すことによって、新たな状況を生み出しうるものとして語られているわけです。ある状況やある場面の中で会話が持たれるというよりも、むしろこの会話がこれまでの物語の世界を大きく変えてゆく力を持つものとしてここに置かれている、といえばよいでしょうか。明石一族と源氏との血縁関係は、これまでの物語にまったく書かれていなかっただけでなく、むしろそのような関係は必要ではありませんでした。極端な言い方をすれば、明石一族と源氏との関係をこれから作ってゆくために新たに設定された関係といってもよいほどです。それが、入道の会話で語られているので、長年の入道の夢とともに、いかにその関係を大切にしてきたのかということまでが想像されるのです。

（高田）

心内語　しんないご

作中人物が心の中で思ったことです。心中思惟ともいいます。物語の文章は、基本的に、地の文、会話、心内語から成り立っているといってよいでしょう。その区別は、たとえば現代の小説であれば、比較的容易です。会話には、カギカッコがつけられますし、心内語も主語を明示するなどして、おおよそ地の文と区別されます。ところが、『源氏物語』の場合、そう簡単ではありません。もともと、句読点やカギカッコなどはありませんから、これらの区別は、読み手がしなければなりません。すると、判断に迷うところがいろいろ出てくるのです。例をあげましょう。

夕顔巻、光源氏は病の重くなった乳母《めのと》（惟光の母）を、五条に尋ねます。通りに車を止めていると、乳母の隣家の風変わりな女たちの姿が目に入ってきます。

いかなる者の集へるならむと、やう変りて思さる。A 御車もいたくやつしたまへり、

前駆《さき》Bも追はせたまはず、誰Cとか知らむとうちとけたまひて、すこしさしのぞきたまへれば、

（「夕顔」）

どのような者たちが集まっているのだろうと、変わった所だとお思いになる。お車もずいぶんと目立たなくしてあり、先払いもおさせになっていないで、誰だとわかろうかと気をお許しになって、車から少し顔をお出しになると。

第一文は、問題ありません。源氏の心内は、「いかなる……ならむ」と、カギカッコをつけることができます。第二文は、厄介です。ある注釈書は、「誰とか知らむ」とカギカッコをつけています。もしカギカッコをつけるならば、たしかにそのようにしかつけようがありません。「やつしたまへり」「追はせたまはず」という尊敬語は、光源氏への尊敬を表すので、地の文と考えられるからです。しかし、こうも考えられます。「誰だかわかるものか」という源氏の判断の根拠は、車を目立たないようにしていることと、先払いをさせていないことにあります。いきなり「誰だかわかるものか」と思うのはやや不自然で、たとえば、「まあ、これなら（今なら）誰だかわからないだろう」くらいでしょうか。その前提の部分を具体的に述べているのがABということになるでしょう。源氏にとっては、車を目立たないようにしていることと先払いをさせていないことは、目の前の事実として、わざわざ心の中でことばにするまでもない

ことです。けれども、物語としてはそれを具体的に書いておかなくては、「誰だかわかるものか」という源氏の心中は唐突になります。したがって、内容の点では、「御車」からを源氏の心内語とした方が自然、ということになりますが、ＡＢを敬語を抜いてそのまま源氏の心内とすると、やや説明的すぎます。源氏の今の状態を語り手が外側から描きながら、源氏の心中へ入ってゆく仕組みです。

いささか回りくどくこの心内語を分析してみましたが、心内語はどこからどこまでか、というように考えると、このような分析が必要になるのですが、実は、そのようなことを考えなければ、この箇所はむしろ自然に理解ができるかもしれません。ＡとＢは、並列でＣ「誰とか知らむ」の理由を表していますが、それは光源氏にとっても、また語り手にとっても同じように理由になっているので、心内語の範囲というようなことを考えなければ、自然に語り手と光源氏双方の重なった状況把握から源氏の心内に絞られてゆく形になっていることが受け入れられるでしょう。ということは、極端にいえば、心内語か地の文かという区別を考えることにあまり意味がない、ということになります。少なくとも、心内語と地の文には必ず区別がある、とはいえないことがわかるでしょう。

現代に生きる私たちにとって、心内語と地の文の区別は重要だと考えられます。しかし、あらためて考えてみると、私たちは頭や心で考えたり感じたりするときに、必ずしも整然とことばで組み立てているわけではありません。むしろ、混沌としています。その混沌をことばによって明示してゆくところに、文学の価値があるのでしょう。したがって、心内語は作中人物のことばでありつつ、同時に語り手のことばでもあるわけです。これが、心内語と地の文の区別にこだわるのはあまり意味がない、と述べた理由です（➡「うつり詞」）。

次に、心内語の書き表し方として、次のような例を見てみましょう。

かくいまいましき身の添ひたてまつらむも、いと人聞きうかるべし、また見たてまつらでしばしもあらむは、いとうしろめたう思ひ聞こえたまひて、（「桐壺」）

このような不吉な身の上の者がお付き添い申しあげるのも、まことに外聞が悪いにちがいない、またさりとて若宮のお顔を拝さずにしばらくでも過ごすというのは、とても気がかりなことに思い申しあげなさって、

桐壺更衣が亡くなったのち、母北の方が孫の光源氏とともに参内するよう、周囲から勧められたことに対する北の方の心内語です。自分自身を顧みながら、「人聞きうかるべし」までは、いわば直接話法のようにして北の方の心中を映し出しますが、「いとうしろめたう」となって、間接話法のようにして閉じられていきます。もし、同じ調子のままで閉じるとすれば、「『……いとうしろめたし』と思ひ聞こえ」となるでしょう。心内語は、それをいかに語るかという問

題と切り離せないことを示しています。

心内語は、作中人物の心の中の思いとして、しばしばその人物しか知らない事柄が述べられることがあります。次は、光源氏の求愛を拒む朝顔の姫君の心内語です。

昔、我も人も若やかに罪ゆるされたりし世にだに、故宮などの心寄せ思したりしを、なほあるまじく恥づかしと思ひきこえてやみにしを、世の末に、さだ過ぎつきなきほどにて、一声もいとまばゆからむ（「朝顔」）

昔、自分もこの方も年若くて、世間から至らないところを大目に見てもらえた頃でさえ、亡き父宮が結婚を期待されていらしたことを、やはりとんでもない恥ずかしいことと思ってそれきりになってしまったのに、年月を経て、盛りも過ぎて今さら結婚など似つかわしくない身の上となって、一声をお聞かせすることもじつにきまり悪いことだろう

亡き桃園式部卿宮が、源氏と朝顔との結婚を期待していた、ということは、これまでの物語には書かれていませんでした。若い頃、そうした父宮の許しがありながら、なお源氏との結婚を受け入れなかった、まして今、どうして結婚できようか、というのです。こうした叙述は、単に過去にそういうことがあった、という事実を示すことが目的ではなく、これまでに書かれなかった事実を提示することによって、この場面に新たな意味づけをする、という目的がありま

す。作中人物の記憶という回路を利用して、現在の状況に方向付けをするのです。朝顔の姫君の堅固な結婚拒否が、どのような経緯によるものか、読者は納得するとともに、この源氏の求愛が挫折せざるをえない理由を知ることになります。ここでは、心内語は、作中人物の心の中の叙述という意味合いを越えて、物語を展開してゆく方法になっているといえるでしょう。

（高田）

作中歌　さくちゅうか

作品の中で作中人物が詠んだ和歌のことです。『源氏物語』には、七九五首あります。『源氏物語』以外から部分的に引用された歌は、「引歌」として区別します。基本的には、他者に対して詠むか、自分一人で詠むかに分けられます。前者のうち、一対一の場合は贈答歌、三者以上の場合は唱和歌といい、後者は独詠歌といいます。

はじめに、和歌の基本的な形式である贈答歌から見てみましょう。

光源氏が恋いこがれた藤壺との逢瀬を遂げた折の二人の贈答歌です。

（源氏）見てもまたあふよまれなる夢の中にやがてまぎるるわが身ともがな（「若紫」）

こうしてお会いできても、またお目にかかれる折はまずないでしょうから、この夢の中にこのまま現実の世から姿をくらましてしまえるわが身であったらと思います。

（藤壺）世語りに人や伝へむたぐひなく憂き身をさめぬ夢になしても

世の語り草として世間の人は私たちのことを語り伝えはしないでしょうか。この上なくつらいわが身を覚めない夢の中のものとしましても。

源氏は、この逢瀬を現実とは思えない夢だとして、今後現実には会えそうもないという絶望感から、いっそこのままこの夢の世界に入り込んでしまいたい、と訴えます。これから先の藤壺と会えない希望のない人生より、いまのこの一時こそがかけがえのない一時だというひたむきな訴えです。これに対して、藤壺は、たとえこのままこの夢がさめないとしても、現実の世界では必ずこの罪は露顕して、自分たちの噂が語り伝えられるのではないか、それは堪えがたいこと、と自分たちの置かれた状況をわきまえて、歌を返します。

贈答歌について、二つほどポイントをおさえておきましょう。一つは、たいていの贈答歌の場合、ことばが共有されている、つまり相手の詠んだ歌のことばを返歌でも使う、ということです。この例では、「夢」「身」、そして、「世」です。「世」は源氏の歌では、「夜」との掛詞になっています。もちろん、ただ繰り返すだけではありません。同じことばを用いるにしても違いがあります。たとえば、「世」は、源氏にとっては、もう会えそうもない世、ということですが、藤壺は、「世語り」という恐れるべき世間の噂話として捉えます。また、源氏が単に「わが身」というのに対して、藤壺は「たぐひなく憂き身」と、わが身のつらさを訴えています。もう一つのポイントは、第一点とも関係しますが、返歌では、相手の思いと同じような思いは詠まず、相手の歌に対し、反発したり、かわしたり、ずらしたりするということです。これは、そもそも歌というものが掛け合いの要素を持っていたためと思われますが、相手とは違う意味合いの歌を返すことによって、さらに相手の出方を見る、という面があるわけです。したがって、恋歌で、相手の気持ちがうれしくても、それは嘘でしょう、とか、とても信じられない、などと返すことの方が普通です。贈答歌の一種の作法のようにすらなっています。和歌というものは、その詠み手の心情が率直に現れるものだと思うかもしれませんが、必ずしもそうではないのです。

では、次に独詠歌です。須磨で秋を迎えた光源氏は、寂しさのあまり、琴を弾きながら次の歌を詠みました。

恋ひわびて泣く音にまがふ浦波は思ふ方より風や吹くらむ　（「須磨」）

恋しさに堪えかねて泣く泣き声に紛れて聞こえる浦波の音は、私のことを思う都の方から風が吹いてくるからだろうか。

この歌を聞いて、眠っていた人々も目をさまして、起き上がります。源氏は、都に残してきた紫の上をはじめとする人たちに思いをはせています。遠く離れた都の人々に歌いかけるような歌といってもよいでしょう。独詠歌ではあっても、源氏の思いに共感する供人たちがそこにいますし、この後、供人たちと源氏との唱和が交わされます。

同じ独詠歌でも、けっして人に聞かせられないような歌もあります。藤壺を喪った源氏が詠んだ歌などがそうです。

入日さす峰にたなびく薄雲はもの思ふ袖に色やまがへる　（「薄雲」）

夕日がさしている峰にたなびいている薄雲は、もの思いに沈んでいる私の袖に色が似通っているのであろうか。

この時源氏は、藤壺を亡くした悲しみに、一日、念誦堂に籠もっていた、と書かれています。この歌に続いて、「人聞かぬ所なればかひなし」とあるので、源氏の歌を聞いた人は側にはいなかったわけです。藤壺の死を悲しむのは、たった一人でいる状況でしかありえず、それがこうした語り手のことばになって現れています。

このような独詠歌は、作中人物の心の奥底を凝縮した形で歌にしたものといってよいでしょう。歌だけでもじゅうぶんその思いはわかりますが、前後の文章に目を配ると、さらによく歌が理解できます。この場面、源氏の邸、二条院の桜が咲いています。その桜を見ると、かつての花宴の折、源氏の舞を見ていた藤壺が思い出されます。源氏は、「今年ばかりは」と、「深草の野辺の桜し心あらば今年ばかりは墨染めに咲け」（古今集・哀傷）〔深草の野辺の桜よ、もしお前に心があるならば、せめて今年だけは喪に服して墨染めに咲いておくれ。〕という歌を口ずさみます。もちろん桜が墨染めの色に咲いてくれるなどということは不可能です。しかし、今、夕日がさしている山際に鈍色の雲が薄くたなびいています。その雲だけは、自分の着ている喪服の袖と同じような色をしていて、喪に服する仲間のように思われるというわけです。

独詠歌を、単にそれだけで読み味わうのではなく、物語が、そうした独詠歌をいかにして作中人物に詠ませているか、という点にも注意すると、物語が深く味わえます。具体的には、和歌と前後の文章とをよく見つめることが必要です。それは、独詠歌だけではなく、贈答歌についても同様です。歌を詠み交わすという行為は、当時の貴族にとって日常生活の一こまですが、物語では、歌が詠まれる状況や場面を意識的に作り出しているわけですから、そうした状況や場面と、それを語ることばに注目して読むと、和歌は、生き生きと理解できるはずです。

さて、最後に唱和歌ですが、これは人が集まった状況で詠まれるものです。『源氏物語』の場合、あまりそのような場面は多くはなく、その点で、『うつほ物語』と対照的です。『源氏物語』では、『うつほ物語』のように、その場で詠まれた歌を全部掲げるというのではなく、語る歌の数を絞っています。したがって、個々の歌がどのように異なりつつ、その場の歌として機能しているか、こまかな表現に注意しながら読まなくてはいけません。

（高田）

引歌　ひきうた

夕顔巻、光源氏が病気の乳母《めのと》の見舞いに訪れた折、故《ゆえ》ありげな隣家の板塀に白い花が咲いているのを見て、「をちかた人にもの申す」と独り言を言うくだりがあります。このことばは、『古今和歌集』の旋頭歌、

うちわたすをちかた人にもの申すわれ
そのそこに白く咲けるは何の花ぞも
（古今集・雑躰）

見はるかす遠方の方《かた》にちょっとお尋ねしたい。
そこのところに白く咲いているのは何の花でしょうか。

を踏まえており、口にされていない後半の部分のことばを響かせて、「あの白い花は何の花だろう」という気持ちを口に出したものです。かたわらにいた随身《ずいじん》はすぐにそのことに気づいて、「かの白く咲けるをなむ、夕顔と申しはべる」と答えます。このやりとりに見られるように、

王朝の貴族たちの記憶の中には豊富な和歌の知識がつまっていて、それが日常の生活の中でも駆使され、コミュニケーションの大切な手段として活用されていました。和歌のことばを踏まえて表現することで、直接的には言いにくいことを暗示的に表現したり、ことばに言外の意味を与え、気のきいた、洗練された物言いに変換したり、というように、和歌の引用は貴族たちの言語生活の中で欠かすことのできない技術だったのです。

和歌の引用は、作中人物のことばの中だけでなく、物語の地の文の中にも見られます。父桐壺院の死後、光源氏は、新帝（朱雀帝）の生母である弘徽殿の女御と、その父右大臣の政治的な圧力を受け、ついには都を離れて須磨へ退去する決心をします。貴族社会での地位も官職もすべて棄てて都を離れるのだから、それは貴族としての死を意味しています。いつか都へ帰れるという保証もありません。そんな永遠の別れにも等しい旅立ちの前に、光源氏は朧月夜と呼ばれる女性のもとへ文を送ります。

朧月夜は右大臣の娘で、弘徽殿の女御の妹なので、光源氏にとってはいわば政敵の娘です。光源氏は危険を冒して密かに別れの文を送り、朧月夜からも悲しみにうちひしがれた返事が返ってきます。朧月夜の文を見る光源氏の心情は、次のように書かれています。

泣く泣く乱れ書きたまへる御手いとをかしげなり。いま一たび対面なくてやとおぼすはなほ口惜《くちを》しけれど、おぼし返して、うしとおぼしなすゆかり多くて、おぼろけならず忍びたまへば、いとあながちにも聞こえたまはずなりぬ。（「須磨」）

泣く泣く心乱れてお書きになっている御筆跡はとても美しい。もう一度お会いすることもかなわずお別れするのかと思うと、やはり無念でならないけれど、思い直されて、自分のことをつら憎く思っていらっしゃる縁者が多くて、その中をこうしてやりとりするだけでも、あの方はたいそう人目を忍んでいらっしゃるのだからと、重ねて無理にお便りを差し上げることもしないままにしてしまった。

傍線部は光源氏の心中の思いですが、ことばとしては語り手のことばで、

あらざらむこの世のほかの思ひ出にいまひとたびの逢《あ》ふこともがな

（後拾遺集・恋三・和泉式部）

もうこれ以上生きられないかもしれないいま、あの世へと旅立つ最後の思い出に、せめてもう一度あなたとお逢いしたいと思います

という歌が踏まえられています。この激しい恋の歌を思い浮かべることで、光源氏が最後にも

う一度朧月夜に逢いたいと切望する思いの激しさや、そうはいってももはや逢える状況ではないため、切なさに耐えあきらめようとする苦しさが、いっそう胸に迫ってきます。

このように、地の文における和歌の引用は、物語の表現に奥行きと重層的な意味を付け加える重要な働きをしています。こうした、地の文や会話文（➡「会話」）、心内語（➡「心内語」）において、和歌を暗示的に引用する方法を「引歌《ひきうた》」と呼びます。またそこで引用される和歌自体のことも「引歌」と呼んでいます。

和歌の引用は、単独で機能するだけでなく、一連の流れを構成している場合もあります。次の場面は、八の宮が都での生活をあきらめて、宇治へ隠棲《いんせい》した当初の生活を述べたくだりです。

網代《あじろ》のけはひ近く、耳かしがましき川のわたりにて、静かなる思ひかなはぬ方もあれど、いかがはせん。花紅葉《もみぢ》、水の流れにも、心をやるたよりに寄せて、いとどしくながめたまふより外のことなし。かく絶え籠《こも》りぬる野山の末にも、昔の人ものしたまはましかばと思ひきこえたまはぬをりなかりけり。

見し人も宿も煙になりにしをなにとてわが身消え残りけん

生けるかひなくぞおぼしこがるるや。

いとど、山重なれる御住《す》み処《か》に尋ね参る人なし。あやしき下衆《げす》など、田舎びたる山がつどものみ、まれに馴《な》れ参り仕うまつる。峰の朝霧晴るるをりなくて明かし暮らしたまふに、この宇治山に、聖《ひじり》だちたる阿闍梨《あざり》住みけり。（「橋姫」）

網代が近くにあるらしく、水音も高い川のほとりなので、静かに暮らしたいという気持ちにそぐわない面もあるけれど、やむを得ない。花や紅葉、水の流れをも心を慰めるよすがとして、深々とした物思いに沈むより仕方がない。このように引きこもってしまった野山の果ての住まいにつけても、せめて亡き北の方が一緒にいてくださったならと、恋しく思い出さない折はないのだった。

見し人も……（恋しいあの人も家も煙になってしまったのに、どうして自分だけが生き残ってしまったのだろうか）

生きる甲斐がないほど、恋いこがれていらっしゃるのだった。

たいそう山が重畳とした中のお住まいに、訪ねてくる人もいない。卑しい下人や田舎びた山人ばかりが、ときたま参上する。峰の朝霧も晴れる間がないような思いでお暮らしになっていたのだが、その宇治山に、聖めいた阿闍梨が住んでいた。

傍線部にはそれぞれ、

ａいとどしく過ぎゆくかたの恋ひしきにうらやましくもかへる浪かな
（伊勢物語・七段）

ｂいづくにか世をばいとはむ心こそ野にも山にもまどふべらなれ
（古今集・雑下・素性法師）

ｃ雁《かり》の来る峰の朝霧晴れずのみ思ひ尽きせぬ世の中の憂さ
（同・雑下・読み人知らず）

ｄわが庵《いほ》は都のたつみしかぞ住む世を宇治山と人はいふなり
（同・雑下・喜撰法師）

のような引歌があり、これらの歌に象徴される情景のイメージに支えられて、寂しい宇治の情景が想像できるようになっています。

ここで踏まえられている歌に、『古今集』雑下の歌が多いことにも注意すべきでしょう。『古今集』雑下は、無常・出離・隠棲などを主題とする歌が集められている巻です。平安時代の読者であれば、この箇所の本文から、ここにあげたような歌たちを含む、無常・出離・隠棲などを主題とする『古今集』雑下の歌群全体をイメージすることができたことでしょう。

このように和歌の世界との濃密な交渉を持つことで、人生をあきらめてしまった八の宮の内面が、宇治という土地の寂しい心象風景と交響しながら読者の裡にくっきりとイメージされる仕組みになっているのです。

それぞれの部分の本文に和歌が踏まえられているどうかについては、判断が揺れる場合があります。中世の注釈書などでは、比較的ゆるやかに、読んでいて思い出される和歌をどんどんあげていく傾向がありますが、江戸時代の国学者本居宣長は、作者がその歌を踏まえて書いていることが確実である場合以外は引歌を考える必要はない、と主張しています。

先に掲げた橋姫巻の本文でいうと、ａの部分については、普通注釈書ではこの歌を引歌としてあげていません。「いとどしく」という一語だけでこの歌に結びつけるのは難しいと考えるからでしょうが、これが『伊勢物語』に見える有名な歌であり、いわゆる東下り章段に見える歌であることを思う時、都を離れ東国へ流離していく男の心情と、都を離れ宇治へ隠棲する八の宮の心情との間には響きあうものがないでしょうか。作者がそう意図していたかどうかは別にして、このくだりを読んでいて、この歌を思い浮かべることは意味のあることなのではないでしょうか。

引歌を考えることには、作者の意図を探ろうとすることと、読者のイマジネーションで読みを豊かなものにすることとの、二つの側面があります。それぞれの場面に即して、よく考えてみましょう。

（土方）

語り手　かたりて

一般に、物語の地の文は、純然たる文章語としてではなく、語り手が語ったことばを装う形で書かれています。『竹取物語』が、「今は昔、竹取の翁といふものありけり」と始まるのも、作者が頭の中で伝承の語り手を思い浮かべていて、「昔々、あるところに、竹取の翁という人がおったそうな」というような口ぶりで語り始める口調を意識して書かれています。

『源氏物語』の「いづれの御時にか、~ありけり」という冒頭も、このような伝承の語りの語り口に類似していますが、『源氏物語』の場合には、語り手がただ語るための機械のようなものとして設定されているのではなく、しばしば実体的な存在として姿を現わします。

光源氏が須磨へ赴《おもむ》く前に人々と別れの文を取り交わしたという場面に、次にような記述があります。

さるべき所どころに、御文ばかり、うち忍びたまひしにも、あはれとしのばるばかり尽くいたまへるは見どころもありぬべかりしかど、そのをりの心地のまぎれに、はかばかしうも聞きおかずなりにけり。（「須磨」）

しかるべき方々に、お手紙ばかりをこっそりとお出しになった、その中に、心底恋しく思われるほどにことばを尽くしてお書きになったのは、さぞかし見る甲斐もあったのだろうけれど、その折の取り乱した気持ちに紛れて、はっきりと聞かないままになってしまった。

ここには、光源氏の離京という事件に動転するあまり、交渉のあった女性たちとの別れのやりとりの詳細を聞き漏らしてしまったと述懐する語り手が顔を見せています。つまりここでの語り手は、光源氏の離京を身近な出来事として体験した人物としてイメージされており、具体的には源氏に仕えていた女房か誰かが語っているという設定になっていると考えられます。このような語り方をする語り手は、固有の名前こそ与えられていないけれど、夏目漱石の『吾輩は猫である』の「吾輩」のように、半ば作中人物の一種になっていると言ってもいいでしょう。

蓬生巻は、光源氏が都を離れてしまってからの末摘花の生活ぶりを描く巻ですが、容貌に恵まれず性格的にも時代遅れの笑われものの姫君として描かれている末摘花が、この巻では、調度を売って生活費に充《あ》てようとする女房たちを、

「見よと思ひたまひてこそしおかせたまひけめ、などてか軽々《かろがろ》しき人の家の飾りとはなさむ。亡き人の御本意違《ほいたか》はむがあはれなること」

「（父宮は）私が用いるようにと心をこめて作らせておおきになったのでしょうに、そういう品々を、どうして処分してそこらの卑しい身分の人の持ち物とすることができましょうか。亡き父宮のお気持ちに背《そむ》くのは耐えられないことです」

と毅然としていさめる、意志的な姫君として登場します。末摘花は和歌を詠む際にも、必ず「唐衣《からごろも》」ということばを詠み込まないといけないと思いこんでいるような、風変わりなお姫様ですが、この巻の中でだけは立派な歌を詠んでいます。

他の巻で描かれている末摘花と、蓬生巻で描かれている末摘花とはまるで別人のようなのですが、蓬生巻の地の文が例外的に「き」の文体で書かれているということに気づけば、作者の意図していたことがわかってきます。

すなわちこの巻は、末摘花に長く仕えてその生活ぶりを身近に見ていた女房が回想して語ったものという設定になっていて、そのためにはじめから末摘花という人を同情的な温かい眼で描写しているのです。蓬生巻全体が、ある実体的な語り手のいわば思い出話なのであり、地の文の記述そのものが主観的なバイアスのかかったものになっているわけです。

このように、『源氏物語』の作者は、巻ごと、あるいは場面ごとに、様々な性格の異なる語り手を設定し、それらを操作しつつ物語を展開していくという手法で物語を書いているので、その時読んでいるくだりの語り手がどういう性格のものとして設定されているかを意識しながら読むことが大切です。

帚木巻の冒頭に見られる興味深い語りの方法にも触れておきましょう。長くなるので、本文をすべて引用することはできませんが（ぜひ自分の眼で確かめてください）、帚木巻の冒頭は、次のような三つのパーツが順に並んだ構成になっています。

A　光る源氏、名のみことごとしう、言ひ消《け》たれたまふ咎《とが》多かなるに、〜なよびかにをかしきことはなくて、交野《かたの》の少将には笑はれたまひけむかし。

B　まだ中将などにものしたまひしときは、〜さるまじき御ふるまひもうちまじりける。

C　長雨晴れ間なきころ、内裏《うち》の御物忌《ものいみ》さしつづきて、いとど長居《ながゐ》さぶらひたまふを、〜

まずAの部分では、光源氏のことが、「けり」「けむ」という助動詞を用いて語り始められます。

光源氏という人は意外に生真面目な人で、大した色好みではなかったと語るこの部分の語り手は、光源氏を直接知らず、語り伝えられているその人となりを説明している、後の時代の語り手です。

ところが、次のBの部分になると、光源氏は色事を好むというわけではなかったけれど、時には女性に関して不都合な振る舞いに及ぶこともあったと、Aの部分とは少しニュアンスの違う説明の仕方をしています。この部分は、助動詞「き」が用いられているので、光源氏を直接知っていた人が後になって回想して語っているという趣であり、Aの部分とは語り手の性格が変化しています。

ここまでが光源氏の人となりに触れた前置き的な部分で、次のCからは、宮中の宿直所《とのいどころ》に男性貴族たちが集まって女性談義を始めるという、この巻のストーリーの本筋に入っていきますが、ここからは原則的に文末に「けり」も「き」も用いられなくなり、目の前で進行しつつあることを現在進行形で実況中継しているような語り口に変化していきます。そしてそこでは、光源氏の身近に置いてある御厨子が、女性からの消息（手紙）文であふれかえっている様が語られているのです。

つまり、帚木巻の冒頭では、光源氏が生きていた時代よりずっと後の伝承の場から語り始めて、次第に光源氏が生きていた時代へ、さらには光源氏が身を置いている空間へと、遠くにある対象をズーム・アップするように次第に接近していくような書き方になっています。それはまるで、物語を語るナレーターの声に登場人物の声が重なり、いつのまにか登場人物の回想する語りに移行しているという、映画のナレーションなどに見られる手法のようでもあります。

このことは、同時代者の証言をもとに出来事が語り伝えられ、最終的にいつかの時点で記録され編集されることによってこのテクストが成立したのだ、という建前のもとに本文が書かれているということを意味しています。帚木巻の冒頭は、その伝承の過程を逆に遡行する形で展開することで、物語のテクストの成り立ちを解き明かしているのです。

もちろん、光源氏は実在の人物ではなく、光源氏に関する伝承が実際に語り伝えられていたわけでもないので、物語の作者がそのように装って書いているのです。それは当然、そういう書き方をすることによってもたらされる効果を、作者が計算しているからです。私たち読者も、語り手と語りの方法をめぐって作者が凝らした趣向を理解しつつ読み進めることで、この物語の面白さをより深く味わうことができるはずです。

（土方）

草子地　そうじ

『源氏物語』は文字で書かれたテクストですが、表現の形式としては、語り手が語ったことばを装って書かれています（➡「語り手」）。そのため、地の文の中には、語り手がただ出来事を語るだけでなく、聞き手（つまり読者）に向かって直接語りかけたり、感想や批評といった形で主観をあらわにしたりする場合があります。そのような語り手の口調があらわになっているような部分を「草子地」といいます。

「半ばなる偈《げ》教へむ鬼もがな、ことつけて身も投げむ」と思《おぼ》すぞ、心きたなき聖心《ひじりごころ》なりける。（「総角」）

「途中までの偈の残りを教えてくれる鬼がいたらいいのに、そうしたら仏の教えを学ぶのにこと寄せて、身を投げ出してしまいたいところだ」と（薫が）お思いになるのは、筋を取り違えた道心深さというものだ。

これは亡くなった大君をしのぶ薫の心境を述べた部分ですが、「半ばなる偈」云々というのは、雪山童子《せっせん》（釈迦の前身）が、自分の命と引き替えに、羅刹《らせつ》（鬼）が口ずさんだ偈（仏の教えを説いた詩句）の残りを聞かせてほしいと頼み、羅刹に食べさせるために我が身を投げ出したという仏教説話を踏まえています。薫は、大君の後を追って死にたいと願っているのですが、仏道のために身を捧げるのではなく、愛する人に死なれて世をはかなんだ結果なので、道心が篤い人の考えとしてはいかがなものかと、語り手が多少揶揄《やゆ》的に批評しているのが「心きたなき」以下のことばで、この部分が草子地にあたります。

おほかたに花の姿を見ましかば露も心のおかれましやは
御心の中《うち》なりけむこと、いかで漏《も》りにけん。（「花宴」）

おほかたに……（世間の人並みの気持ちで、花のような源氏の君のお姿を見ていたのならば、少しも気兼ねを感じることもなかっただろうに）

（藤壺宮が）お心の中でお思いになったことが、どうして漏れ伝わってしまったのだろうか。

「おほかたに」は、宮中での花の宴の折に光源氏の麗しい姿を蔭ながら見つめていた、苦しい胸のうちを詠んだ藤壺宮の歌です。藤壺宮は光源氏と密かに関係を結んでいるので、はたの目が気になって、光源氏への賛美の思いを素直に表に出せず苦悩しているのですが、「御心の中なりけむこと、いかで漏りにけん」というのは、その秘密を胸に秘めて心中ひそかに詠まれたはずの藤壺の歌が、こうして後世に伝わってしまっているのはどうしたわけだろうと、語り手が疑問推量していることばです。

これらの例のほか、その場にいる人々が詠み交わした歌の一部だけを掲げて、「人々多く詠みおきたれどももらしつ」（「幻」）と、あとは省略する旨を述べたり、それまで話題になっていなかったことを持ち出す際に、「まことや、かの六条御息所の御腹の前坊《ぜんばう》の姫宮、斎宮《さいぐう》にゐたまひにしかば」（「葵」）と、生な語り口を覗《のぞ》かせたり（「まことや」は、忘れていたことを不意に思い出して「そうそう、そう言えば」と新たに話題にする、感動詞的なことばです）というように、語り手はしばしば、地の文の表面に姿を現わして、補足説明や批評や推量などのコメントを行なったり、語っている自分の心情を口調ににじませたりします（➡「語り手」）。

こうした書き方は、ただ語り手が語っているような口調らしく再現しているというだけではなく、出来事に対する読者の理解を助けたり、出来事を一定の角度からとらえる視座を提供したり、記述が冗長に流れることを回避したり、というように、物語を生き生きととらえることができるようにするための創作の方法になっている点に留意する必要があります。

また、次のような例は、分量的にも長く、内容的にも注意を要する例です。

光る源氏、名のみことごとしう、言ひ消《け》たれたまふ咎《とが》多かなるに、いとど、かかるすき事どもを末の世にも聞き伝へて、軽《かろ》びたる名をや流さむと、忍びたまひける隠ろへごとをさへ語り伝へけん人のもの言ひさがなさよ。さるは、いといたく世を憚《はばか》りまめだちたまひけるほど、なよびかにをかしきことはなくて、交野《かたの》の少将には笑はれたまひけむかし。（「帚木」）

光る源氏は、名前ばかりが大仰で、あからさまには言いにくいような（恋の）過失が多かったと伝えられているけれど、さらにこうした色恋ごとまで聞き伝えて、軽薄な評判を流すようなことになってはいけないと（ご自身が）隠していらっしゃった内緒事まで語り伝えてしまったという人の、なんとまあ口の悪いことよ。本当のところは、（源氏の君は）たいそう世間の眼をはばかり、真面目に振る舞っていらっしゃったので、色っぽく艶めいたような逸話はなくて、交野の少将のような人からは笑われてしまうようなご生活ぶりだったということですよ。

ここでの語り手は、「けり」「けむ」と伝聞的な言い方をしているので、光源氏を直接は知らない、後の時代の人として設定されています。この語り手によれば、光源氏は色好みという評判ばかり大げさに伝わっているけれども、実際には真面目に振る舞っていて、大して色めかしい逸話はなかったらしいと説明されています。

しかし、この後代の語り手は伝聞に基づいてそう判断しているだけで、光源氏という人物の実像を知らないのであり、このあとの物語を読んでいくと、光源氏という男はやはりたいへんな色好みだったということが実感されてきます。この部分の語り手は明らかに、光源氏という人物の一面しか把握できていないのです。

このように、草子地の形で語り手が述べていることは、語り手の主観を通した印象でしかなく、客観的な事実であるという保証はない場合があります。わざとそのように語り手に語らせることで、「本当はどうだったのだろう」という疑問を読者に抱かせているわけで、物語の方法として留意しておくべきところです。

ところで、いま「けり」「けむ」といった表現によって後代の語り手が語っていることがわかると述べましたが、一般的にこうした文末表現には少しずつ語り手の主観が含まれていると考えられます。須磨へ退去した光源氏に従った従者の一人について、

親の常陸《ひたち》になりて下りしにも誘はれで、参れるなりけり。（「須磨」）

親が常陸介になって下ったのにも付き従わず、源氏の君にお仕えしているのだった。

と語るくだりがありますが、文末の「なりけり」は、事情を知らない読者に向かって懇切に説

明する口調であるとともに、光源氏に忠実なこの従者に対する共感の気持ちがにじみ出ています。また、内大臣邸の宴に夕霧が招かれ、心地よく酔うくだりに、

をかしきほどに乱りがはしき御遊びにて、もの思ひ残らずなりぬめり。（「藤裏葉」）

興趣が深いうちにもくつろいだ宴席の唱楽が続くうちに、お互いの間のわだかまりもすっかり溶け失せてしまったようだ。

とあるところでは、文末に「なりぬめり」という控えめに推量することばが添えられることで、内大臣（かつての頭中将）と夕霧との間に、これまでのわだかまりを水に流して和解しようという空気が流れていることに、安堵と喜びを感じている語り手の心情がにじみでています。

情意性の形容語や副詞的表現、助動詞や助詞などには、しばしばこうした発話者の主観がこめられている場合があり、そのことを考慮すると、草子地と呼ばれる語り手のことばは、どの部分が草子地と明確に限定できるものではなく、微妙なグラデーションを伴いつつ、最終的には地の文全体に拡がっていってしまうということがわかります。

『源氏物語』の地の文が、ある程度実体化された語り手のことばである以上、それは常に語り手の主観をくぐり抜けたことばなのであり、その中でもとりわけ語り手の口調の「濃い」部分が草子地と呼ばれる部分だ、と理解することができるでしょう。（土方）

挿入句　そうにゅうく

一つの文脈の中に、何らかの形で割り込んだ語句などのことです。ごく簡単な補足のようなものから、主文脈がわかりにくくなるような長い説明に至るまで、さまざまな長さや形を持ちうるものです。

挿入句に注意しなくてはならないのは、まず第一に、主文脈と挿入句の区別を見きわめて、誤った読解をしないようにするためですが、問題はそれだけにとどまりません。挿入句という用語は、その名から、余分に挟み込まれたものという印象を伴いがちです。もし、それだけであれば、その部分をカッコで括ってすませばよいだけのことですが、実は、挿入句は主文脈にとって単なる付加的なものというだけではなく、主文脈と連動してあらたな文脈生成に与《あずか》る、という重要な機能を持つことがあります。時には、挿入句の箇所を前提にして、はじめて主文脈が意味をなすような場合さえあるので、読解の成否に関わってきます。簡単な例から始めましょう。

明け方も近うなりにけり。鶏《とり》の声などは聞こえで、御獄精進《みたけさうじ》にやあらむ、ただ翁びたる声に額《ぬか》づくぞ聞こゆる。（「夕顔」）

明け方も近くなった。鶏の声などは聞こえず、御獄精進であろうか、じつに年寄りじみた声で仏前にぬかづいているのが聞こえる。

「御獄精進にやあらむ」が挿入句です。ここは、光源氏が五条の夕顔の邸で朝を迎えた場面です。おそらく隣の家から聞こえてくる修行の声を、御獄精進かと推測していますが、これは、光源氏の気持ちに即した推測と見てよいでしょう。普段の源氏の生活圏では出会ったことのない修行の声ですが、「にやあらむ」と推量にしておぼめかすことによって、語り手もあまりよくは知らない、そして、読者にもあまりおなじみではないでしょうが、というニュアンスが出てきます。恋の場面にあまりふさわしくない要素を、やや遠慮がちに出している、ともいえそうです。

次の例は、もう少し、複雑です。

宮の御腹は、蔵人少将にて、いと若うをかしきを、右大臣の、御仲はいとよからねど、え見過ぐしたまはで、かしづきたまふ四の君にあはせたまへり、劣らずもてかしづきたるは、あらまほしき御あはひどもになむ。（「桐壺」）

姫君と同じ宮からお生まれの子は、蔵人少将で、いかにも若く美しいので、右大臣が、左大臣家とはあまりお仲がよくないのだけれど、どうしてもお見過ごしになれず、大切に育てていらっしゃる四の君の婿としてお迎えになったのだが、左大臣側が源氏の君を大切にするのと劣らずに、少将を丁重におもてなししているのは、それぞれ申し分のないご縁組みというものである。

この少し前に、光源氏と左大臣家の姫君、葵の上との結婚の記述があります。左大臣は帝の信頼が厚く、帝の妹を母に持つ葵の上と源氏との縁組まで整ったため、左大臣家と帝との結びつきはいよいよ強まり、東宮の祖父として将来は政治を担うはずの右大臣の勢力が圧倒されてしまった、というのです。それに続く叙述です。葵の上と同腹の少将（のちの頭中将）が、右大臣家の四の君と結婚した、という叙述ですが、どこが挿入句でしょうか。一見、そのまま上から訳せば、意味が通りそうですし、事実、事柄としては理解できますが、「御仲は」から「あはせたまへり」までを挿入句と見ると、この文にぐっと陰影がついて、文章の呼吸が鮮明になります。右大臣が左大臣家の御曹司を婿どって大切にしている、という文脈に、しかし、本当は左大臣家とは仲がよくないので、進んで縁組するわけではないが、蔵人少将を他家にとられてしまえば、左大臣家との関係が弱まって政治的に不利な立場になる、という政治力学が織りこめられています。

もし、この挿入句がなければ、単に左大臣家も右大臣家も理想の婿を迎えたというだけの平板な叙述になってしまいます。それと比較をすれば、この部分では、両家のめでたさを並べること、すなわち主文脈が目的というよりも、むしろ、右大臣がやむなく左大臣家と縁組をしたと明らかにすることによって、帝と左大臣による強固な政治支配の現実を浮かび上がらせています。その結びつきは、やや異常とさえいえるもので、実は、右大臣側は、葵の上の東宮への入内を申し入れていたのですが、左大臣は、一臣下に過ぎない源氏を選びました。左大臣にしてやられた右大臣が、屈辱を抱えながらとった苦渋の選択というわけです。この挿入句は、そうした物語の状況と深く関わりあうことによって、主文脈の「あらまほしさ」が抱える陰影を明らかにしています。

もう一例、今度は、挿入句が主文脈と「矛盾」するような例を見ましょう。

こよなう痩せ細りたまへれど、かくてこそ、あてになまめかしきことの限りなさもまさりてめでたかりけれと、来し方あまりににほひ多くあざあざとおはせし盛りは、なかなかこの世の花のかをりにもよそへられたまひしを、限りもなくらうたげにをかしげなる御さまにて、いとかりそめに世を思ひたまへる気色、似るものなく心苦しく、すずろにもの悲し。（「御法」）

紫の上は、すっかりやせ細っていらっしゃるけれども、このようなご様子でこそ、この上ない気高さや優美さもひときわまさって、みごとな美しさとお見受けされ、これまであまりに美しさにあふれ、はなやかでいらっしゃった盛りは、むしろこの世の花の美しさにもたとえられるお方でいらっしゃったが、今はこの上なく弱々しく愛らしいご様子で、もう残る命もほんのわずかと思っていらっしゃる面持ちが、たとえようもなくおいたわしく、ただただもの悲しく感じられる。

病重い紫の上のもとに、明石の中宮が見舞いに来た場面です。「こよなう痩せ細りたまへれど」は、中宮の目に映った紫の上の様子と見てよいでしょう。続いて、「めでたかりけれと」という、やはり中宮の心に沿った心情が現れてきますが、この「と」を受けていく箇所がなかなか見つかりません。一応、「限りもなくらうたげにをかしき御さまにて」あたりにつながると見ると、「来し方あまりに」から「よそへられたまひしを」までが挿入句だと考えられます。ところが、この過去の紫の上の美しさを語る箇所は、中宮の心内語と見ることはできません。紫の上の「盛り」の時期には、中宮はまだ子どもであり、しかも、花に喩えたのは、物語の叙述そのものであり、中宮のあずかり知らぬところです。中宮の目と心はいつの間にか語り手と読み手にも広がり、物語の過去を回想する文脈になっています。そして、花に喩えられるような美しさは、むしろ限定的なものに過ぎなかったということを「なかなか」によって表し、今は、もはやそうした喩えの次元を突き抜けた美しさであることを明らかにしてゆきます。挿入句によって示された過去の時間と対比されることによって、現在の紫の上の無類の美しさが語り直される趣です。ここでは、主文脈と挿入句という区分は失われ、主文脈の係り受けを曖昧にすることによって、かえって叙述に厚みをもたらしているところといえましょう。そうして「すずろにもの悲し」は、中宮の思いにとどまらず、語り手から読み手に広がった心情となります。

以上から明らかなように、挿入句は、単なる文の係り受けにとどまらず、状況や場面をいかに語るかという問題ともつながります。したがって、語り手の位置や視点のあり方とも深く関わってくることになります。（➡「語り手」「視点」）

（高田）

語脈　ごみゃく

江戸時代後期の国学者で、萩原広道という人がいます。広道は『源氏物語評釈』というとてもすぐれた注釈を書いていて（残念なことに、花宴巻までで中絶しています）、その中で、様々な用語を用いて『源氏物語』の文章、文体の固有の魅力を解き明かしているのですが、「語脈」もまた広道が用いた分析用語の一つです。

広道によれば、「文脈」とは「つらねもてゆく文章のすぢ」のことであり、「語脈」とは「語のかかりゆくすぢ」のことだとあります。そこで実際に掲げられている例文を見ると、広道のいう「語脈」とは、語の係り受けや、主文脈・複文脈の識別などを総称した文章の流れのことらしく、かなり近接した概念である「文脈」と併せて、今日私たちが使用している「文脈」「文体」という概念に近い用語のようです。

また広道は、「其所にむねとある語、或は殊更に多くつかひてけしきをあやなしたる語、または伏線の脈《すぢ》を綻《ほころ》ばしたる語」のことを「眼目の語」と呼び、夕顔巻に「あやし」という語が多用されていることに注意を喚起していますが、これは先のようなことばの使い方とはやや異なる問題であり、それに該当するような用語がないので、現在ではむしろこちらのほうを「語脈」という用語で表わすことが多くなっています。

夕顔巻を見ると、冒頭の夕顔の花が出てくる場面に、随身のことばとして「かうあやしき垣根になん咲きはべりける」とあり、その花の描写として「この面《も》かの面《も》あやしくうちよろぼひて」とあるのをはじめとして、確かに「あやし」という語が頻繁に使用されています。

それはただ用例が多いというだけのことではなく、「女（夕顔）も、いとあやしく心得ぬ心地のみして」（源氏が通いそめた頃）、「女もかかるありさまを思ひの外にあやしき心地はしながら」（なにがしの院に一泊した翌日）のように、次第に怪奇な雰囲気が高まっていくのと相乗効果を上げながら、「ここに、いとあやしう、物に襲はれたる人のなやましげなるを」（物の怪が出現した際の、光源氏のことば）と、なにがしの院で起こる怪異の場面へとなだれ込んでいきます。

このように、同じ語を反復しながら、その反復によって物語の流れを形作っていったり、主題的なトーンを形成したりする手法のことを、現在では「語脈」と言い習わしています。

夕顔巻で繰り返し用いられる「あやし」という語は、この巻の怪異譚的な枠組みと深く関わっていて、読者はこの「あやし」という語を繰り返し眼にするうちに、次第にクライマックスへと上りつめていく緊迫感を肌で感じ取ることができるような表現の仕組みが成り立っているのです。

巻の冒頭に見える「あやしき垣根」というような用法は、単に「粗末な垣根」という意味で、この巻全体を支配する、「不可解な・怪しい」という意味での「あやし」の雰囲気とはニュアンスが異なりますが、もともと同じことばなのですから、現代語に置き換えた際の意味の違いをあまり気にする必要はないでしょう。「あやし」という同じことばが繰り返されるうちに、この巻の物語を支配する「あやし」き雰囲気が読者の意識の中に定着してくることに、大事な意味があるのです。

光源氏は、いつまでも夕顔の急死の痛手を引きずっているうちに、やがて親王家の姫君である末摘花と呼ばれる女性の噂を耳にして、この女性に夕顔の面影を見出そうとします。光源氏がこの末摘花という人のこっけいな容貌を初めて目の当たりにして驚く場面は、夕顔巻の「なにがしの院」での怪異の場面の見事なパロディになっています。

もともと、末摘花が住むのは、父宮の没後零落した邸宅で、不気味な「荒れたる宿」なのですが、そこで源氏が逢い初めたのは正体不明の女君で、源氏は共寝をしつつも、なんとなく落ち着かないものを感じています。

手探りのたどたどしきに、あやしう心得ぬこともあるにや、見てしがな、とおぼせど、

（「末摘花」）

手で探った感触が何となくしっくりこないので、妙に腑に落ちないことでもあるのか、「顔を見てみたい」とお思いになるのだが、

源氏の末摘花に対する印象を述べた、この部分に、「あやし」ということばが出てきます。夕顔巻では源氏が正体を隠して通っていたので、女君が「あやしう心得ぬ」思いをしたのですが、末摘花巻では女の正体がなかなかわからなくて、通ってくる源氏が怪訝《けげん》な思いをしているというふうに、男女が逆転して用いられています。

末摘花邸に泊まった翌朝、光源氏は改めて見慣れない邸内の様子を見渡しますが、「風吹き荒れて、大殿油《おほとなぶら》消えにけるを」とか、「からうじて明けぬる気色《けしき》なれば、格子《かうし》手づから上げたまふ」とか、夕顔巻と共通する表現が用いられています。光源氏の目に映る風景は、夕顔巻では「秋の野ら」、末摘花巻では雪景色と、季節が違いますが、これも意識して季節をずらしている感じがして、かえってこの二つの場面が照応するものであることを感じさせます。

ここで光源氏が「かの物に襲はれしをり」を思い出したという記述が出てくるので、「なにがしの院」の怪異の場面との照応は完全に意識的に行なわれていることがわかります。光源氏

の何となく納得がいかない気持ちは、ここでも再び、お付きの女房たちに対する印象として、「いよいよあやしう、ひなびたる限りにて、見ならはぬ心地ぞする」とも述べられています。

夕顔巻で「あやし」という語が印象的に反復されていたことを記憶している読者ならば、この末摘花巻での「あやし」の反復と、夕顔巻の怪異の場面との照応にその印象を持ち込みつつ読み進めることになるわけです。

ところが、末摘花巻でこのあと出来する一大事件は何かといえば、「普賢菩薩《ふげんぼさつ》の乗り物とおぼゆ」る鼻を持った姫君（「普賢菩薩の乗り物」とは「象」のことです）の恐るべき正体が明らかになるという、大受けするような種明かしなのです。夕顔巻の恐怖に対する、末摘花巻の爆笑、パロディだと先に書いたのはそういう意味です。

このように隔たった箇所の間で見られる「あやし」ということばの照応と、それによって得られる効果もまた、「語脈」の手法のうちに入れて考えてよいでしょう。近い範囲で、あるいは遠く離れた箇所でも、ことばとことばとが敏感に呼応し、響きあいつつ物語の総体的な印象を形作っていくメカニズムを、注意深く読みとる必要があるのです。

（土方）

うつり詞　うつりことば

ほかの項目に比べて、耳慣れないことばだと思います。物語には、まず地の文があり、作中人物の発話があり、さらには、作中人物の心の中を述べた心内語があります。これら相互の境目は、普通は「……と言ふ」「……と思ふ」などのように、はっきりしています。ところが、時としてこれらの境目がはっきりしないケースがあるのです。それは、ひとまず、物語文学が語るように書くということから起こる現象と考えてよいのですが（あとでもう少し詳しく説明します）、そうした書き方のことを、江戸時代の国学者、中島広足《ひろたり》は「うつり詞」と呼びました。具体的な例を見てみましょう。

「とかう紛らはさせたまひて、思し入れぬなむよくはべる」と聞こゆれば、後の山に立ち出でて、京の方を見たまふ。はるかに霞みわたりて、四方《よも》の梢そこはかとなうけぶりわたれるほど、絵にいとよくも似たるかな。かかる所に住む人、心に思ひ残すことはあらじかし、とのたまへば、（「若紫」）

「あれこれとご気分を紛らわされて、お加減をお気になさらないのがようございます」と（聖が）申しあげるので、裏手の山へ登って、京の方をご覧になる。はるばると霞がかかっていて、四方の梢がほんのりと芽吹いている様子、絵にそっくりだね。こんな所に住む人は、さまざまにもの思いを尽くすことだろうね、とおっしゃるので……。

若紫巻のはじめの方、北山に病気治療に出かけた光源氏が、供人たちと山からあたりの風景を眺める場面です。「……とのたまへば」という敬語から光源氏が何かを語ったことがわかります（引用箇所の先で、供人たちの発言には「きこゆ」が使われています）。では、その発言はどこからでしょうか。「似たるかな」までは、確実に遡れそうです。すると、「絵にいと」からでしょうか。発言じたいとしては、それでよさそうに思えます。しかし、上からの続き具合を考えると、今度は、「けぶりわたれるほど」が、下に続かなくなってしまいます。「けぶりわたれるほど」は「絵にいとよく似」ているのでしょう。しかし、「かな」がありますから、そこまでを地の文とはできません。では、源氏の発言をもっと遡らせて、「はるかに」から、とすれば解決できるでしょうか。残念ながら、それでは、あまりに説明的で不自然な発言になってしまいます。

これには、すぐれた注釈を書いた本居宣長も、萩原広道も手を焼きました。宣長は、「絵にいとよくも」について、「此詞上よりのつづきは地の詞のやうなれども地の詞のさまにあらず」と、地の文の可能性を疑いながらも、「絵に」からを会話としました。しかし、広道は、「けぶりわたれるほど」を受ける箇所がないことをもって、「はるかに」からを会話としたのです。どちらをとるにしても、不都合なところが出てきてしまいます。

これについて、中島広足は、次のように考えました。「はるかに霞みわたりて」の箇所に「これより源氏君の見たまふけしきを其御心になりて云」と注をつけ、「絵にいと」の所から「源氏君の詞にうつる」としました。すなわち、「はるかに霞みわたりて」を、純粋な地の文ではなく、源氏の目に見えている風景として源氏の立場に立って述べた箇所であり、その源氏の心中に続けて「絵にいと」という発言が出てきたものとしたのです。

広足は、こうした例を集めて、次のように説明しました。

源氏物語の本文に、いはゆる草子地の詞あり。人々の詞あり。又人々の心のうちをただにいふ詞あり。此三の差別、其詞つづきの堺、大かたはいとよくわかれたるを、又おのづからうつりゆきて、地の詞より、人の心のうちをいふ詞になり、或は心のうちをいふ詞より地にうつり、其間に、人の詞まじりなど、なほさまざまにはたらかしかきたるところあり。

これは、まことにすぐれた読みとり方でした。広足のこの見解は、広道の『源氏物語評釈』よりも前に書かれたものでしたが、広道は、『評釈』が刊行される直前にこれを知り、急いで「追加」としてこれの紹介を書き加え、従うべきである、としています。すぐれた説に接して潔く自説を撤回した広道の態度は立派なものといえましょう。

この広足の考え方によって、この箇所はたいへんよくわかるものとなりました。われわれは、どうしても、地の文、会話、心内語と「区別」をしないではおさまらない気持になりますが、そうしたわれわれの「常識」を吹き飛ばすような見解です。いったい、広足はどこからこんなことを考えついたのでしょうか。広足は、こう言っています。当時の物語文は、語るとおりに書いたものだから、自然と「うつる」のだ、今でも、会話の中では、そのように「うつりゆく」ことがあるが、聞いている人は「知らず知らずよく聞きとりゆく」ようなものだ、と。そして、広足は、宣長が、詞の堺がないことを不審と見て、「と」が落ちているのではないか、などと考えたことを批判しています。この点に関する限り、広足が正しそうです。

しかし、当時の物語は、本当に語るとおりに書いたのでしょうか。ここで、この項の冒頭に戻るのですが、もしそうであれば、こういう「うつり詞」という現象は、無数に出てきてもいいはずです。また、『源氏物語』以外には、あまり見られない、という事実も説明できません。

すると、広足の説明では不十分なわけで、もう少し踏み込んで「うつり詞」が生まれる理由について考えてみる必要がありそうです。もう一度、例文に戻りましょう。

「はるかに霞みわたりて」は、「京の方を見たまふ」から続く一節です。したがって、源氏の目が捉えた風景になっています。それは、地の文でありながら、源氏の心に沿って受けとめられた風景でもあります。源氏の目と心によって捉えられた風景は、源氏の心の中では、必ずしも明確なことばにはなっていません。そもそも、心の中というものは混沌としているもので、それに形を与えるのがことばにほかなりません（➡「心内語」）。こうして、源氏の心に沿いながら重層的になった文章が、切れ目なく源氏の発話につながってゆきます。すなわち、源氏にとって外に存在する風景と内に抱かれた心情、そして発話までもが、同時に、切れ目なく語られることになるわけです。ここには、たしかに、広足も言うように、物語を書くことが同時に語ることであるような関係が、深く関わっているにちがいありません。その場合、主客をいちいち弁別しないという日本語の特性も大いに関わっているでしょう。ただし、そこまで理由を広げてしまうと、ほかの物語、とりわけ、『源氏物語』以前の物語に「うつり詞」がほとんど見られない理由が説明できません。そうした大前提のもと、『源氏物語』という作品に即した問題として考えてゆくべきでしょう。ここから、おのずと語りの問題、語り手の位置や視点の自在な移動との関連が視野に入ってくるはずです（➡「語り手」「視点」）。

ところで、こうした「うつり詞」は、私たちの「常識」からすれば、いかにも「曖昧な」「非論理的な」ものに映ります。しかしながら、いささか強引な力業ともいうべきこの文章によって、私たちは、常に外界との相関関係の中で生きるほかない自分たちの存在に、あらためて目を見開くことにならないでしょうか。いわば、文章そのものが、人間と外界との関係を体現しているようなものです。もし、そうであれば、整然とした「論理的な」文章のみが文章であると思っている私たちの「常識」は、意外に狭いものでしかない、という新鮮な視点を得ることができます。「論理的な」「常識」、とカギカッコをつけた理由とともに、「うつり詞」が開く世界の豊かさを考えてみてください。

（高田）

五　ゼミ・ライヴ

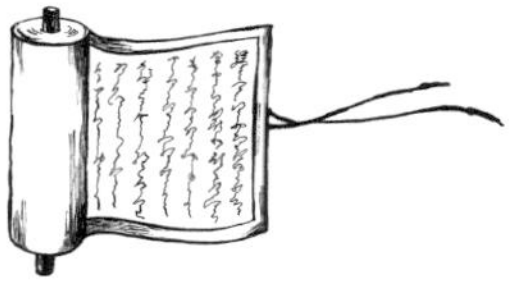

ゼミナールとは

ゼミナール（略して「ゼミ」）とは、学生の発表と討論が中心の、少人数の授業のことです。

僕たちの教室では、毎時間あらかじめ扱う範囲と報告を担当する人を決めておき、授業の前半は、発表者がこれまでの学説を整理したり、解釈上の問題点や疑問点を説明し、授業の後半では、その報告を踏まえてみんなで討論するという形をとっています。

人数が少ないので、机を向き合わせたり丸く並べたりして、お互いの顔を見ながら話し合います。

活発な議論を行うためには、発表者以外の出席者も前もって本文を読み、自分でも調べなどして準備をしておき、自分なりの疑問や意見を持ってゼミの場に臨むことが大切です。

どんなやりとりになるかは、このあとの二つのライヴをお楽しみください。

物の怪出現 ❋ 夕顔巻　　土方ゼミ

［今回の範囲］

宵《よひ》過ぐるほど、すこし寝入りたまへるに、御枕上《まくらがみ》にいとをかしげなる女ゐて、「おのがいとめでたしと見たてまつるをば尋ね思ほさで、かくことなることなき人を率《ゐ》ておはして時めかしたまふこそ、いとめざましくつらけれ」とて、この御かたはらの人をかき起こさむとすと見たまふ。

物に襲はるる心地して、おどろきたまへれば、灯も消えにけり。うたて思《おぼ》さるれば、太刀を引き抜きてうち置きたまひて、右近を起こしたまふ。これも恐ろしと思ひたるさまにて参り寄れり。「渡殿《わたどの》なる宿直人《とのゐびと》起こして、紙燭《しそく》さして参れと言へ」とのたまへば、「いかでかまからん、暗うて」と言へば、「あな若々し」とうち笑ひたまひて、手を叩《たた》きたまへば、山彦《やまびこ》の答ふる声いとうとまし。

人え聞きつけで参らぬに、この女君いみじくわななきまどひて、いかさまにせむと思へり。汗もしとどになりて、我かの気色《けしき》なり。「もの怖《お》ぢをなんわりなくせさせたまふ本性《ほんじやう》にて、いかに思《おぼ》さるるにか」と右近も聞こゆ。いとか弱くて、昼も空をのみ見つるものを、いとほしと思して、「我《われ》、人を起こさむ。手叩けば山彦の答ふる、いとうるさし。ここに。しばし。近く」とて、右近を引き寄せたまひて、西の妻戸に出でて、戸を押し開けたまへれば、渡殿の灯も消えにけり。

風すこしうち吹きたるに、人は少なくて、さぶらふかぎりみな寝たり。この院の預《あづか》りの子、睦ましく使ひたまふ若き男、また上童《うへわらは》ひとり、例の随身《ずいじん》ばかりぞありける。召せば、御答《こたへ》して起きたれば、「紙燭さして参れ。随身も弦打《つるうち》して絶えず声《こわ》づくれと仰《おほ》せよ。人離れたる所に心とけて寝《い》ぬるものか。惟光《これみつ》の朝臣《あそむ》の来たりつらんは」と問はせたまへば、「さぶらひつれど、仰せ言もなし、暁に御迎へに参るべきよし申してなん、まかではべりぬる」と聞こゆ。

このかう申す者は、滝口なりければ、弓弦《ゆづる》いとつきづきしくうち鳴らして、「火危《あやふ》し」と言ふ言ふ、預りが曹司《ざうし》の方に去《い》ぬなり。

［発表者、今回の範囲について説明する］

土方　はい、どうもありがとう。発表者の報告が終わったところで、レジュメに基づいて討論にはいります。

まず発表者に質問だけど、物の怪のことばの冒頭の「おの」という一人称ね。発表者が説明してくれたように、この時代、「おの」というのは男性や老人が使う一人称で、若い女性が使うことばではないということでしたね？「いとをかしげなる女」と書いてあるのに、その直後に「おの」という一人称で語らせているのはどういうことなんでしょう。

発表者　女の姿はしていても、物の怪だから、人間の女とは違うことば遣いをするということでしょうか。

土方　美しい女の姿と、異様なことば遣いとのギャップが、いっそう恐ろしい雰囲気を醸し出すということかな？

A　ちょっといいですか？この女は光源氏の夢の中に現われてくるんですよね？ということは、女の姿は夢の中の場面としてイメージされていて、「おのが～」ということばは眠っている源氏の意識の中で聞こえてきたことばで……。ええと、うまく言えないんですが、つまり「いとをかしげなる女」がこのことばをしゃべっていると解釈しなくてもいいんじゃないかと。

土方　それは面白い読み方だね。夢の中の出来事だから、映像と音声との結びつき方が現実とはちょっと違うんじゃないかということかな?

A　だいたいそんなような……。

土方　ここは、不意打ちのように物の怪が出現する場面ですね。夢の中ではあるんだけれど、このあと夕顔の枕上に、この夢の中に出てきた女が幻のように現れて消えたという記述が出てくるので、夢の中だけの存在というわけでもないんですね。この時代の人々は、夢を魂の通路と考えていたから、あやしげな霊的存在が源氏の夢の中に侵入してきたことは確かなのでしょう。そのあやしげな女が口にすることばが普通の女性のことば遣いとは違う。「おの」は女性のことばではないということだけれど、そもそも会話では「私は」という一人称を使うこと自体あまり多くはないだろうから、やはりこの物の怪のことばは、話し方そのものに不自然な感じがあるのでしょう。それだけにいっそう、ぞっとするような怖さが感じられるわけだろうね。

B　先生、私、高校の古典の授業で、この物の怪は六条御息所の生霊だと習った覚えがあるんですが。

C　六条御息所という人は、もっと後になってから正式に登場するんじゃない？この場面で、六条御息所の生霊が現われたと読者が理解するということはありえないと思うんだけど。

発表者　でも、夕顔巻の冒頭に「六条わたりの御忍びありきのころ」とあるから、六条あたりに住んでいる高貴な女性のところへ源氏が通っているという設定はすでにあって、その女性の生霊をここで登場させているということはありうるんじゃないですか？

土方　この物の怪の正体については、古くから六条御息所の生霊説と、廃院に住み着いている物の怪説とがあるんですが、このあとの巻をまだ読んだことがなくて、あとで六条御息所の生霊が出てくることを知らない読者のことを考えると、前にちらっと触れられている六条わたりの通い所と、源氏に異常な執着を見せる物の怪とを結び付けて考えることが可能なのかどうかね。

それから、あらすじの類によく、物の怪が夕顔を取り殺したみたいなことが書かれているけれど、本当に夕顔が物の怪に殺されたと書いてあるのかどうか、きちんと本文を読むことも大切ですね。夕顔はただ怖さのあまりショック死しただけかもしれなくて、それなら物の怪に殺人の罪をきせるわけにはいかないのかもしれない。先入観に左右されずに、書かれていることを自分の眼で読みとろうと努めることも大事です。

ちょっと先を急ぐけれど、この時源氏も「うたておぼさるれば」（気味が悪くてぞっとしたので）と書かれているのに、そのあとでは、おびえている右近に対して「うち笑ひたまひて」と書いてありますね。発表者は何も説明しなかったけれど、怖い出来事の真っ最中で、なぜ源氏は笑うんだろう。

発表者　右近がおびえている様子を見て、思わず微笑んだのかな？

土方　にっこり微笑むとか、にやっとするとかいう場合には、普通「笑《ゑ》む」という動詞を使うんじゃないかな？「うち笑ふ」というのは、声に出して笑うことなのでは？

D　源氏は自分も怖いんだけど、右近を安心させるために、わざと虚勢を張って笑い飛ばして見せたんでしょうか。

土方　源氏はこの時何歳ぐらいの設定なんでしょうか。

発表者　テキストの年表を見ると、源氏は十七歳と書いてあります。

土方　それはどうしてわかるの？

発表者　それは、桐壺巻で十二歳で元服して……。そうか、ずっとあとの巻に「来年四十歳になる」という記述が出てくるまで、本文には書かれていないのか。

土方　そう、注釈書などで巻ごとに書かれている、この時源氏何歳という記述は、第一部の最後の藤裏葉巻に来年四十歳になるという記述があるところから逆算しての推定年齢なんですね。夕顔巻の本文に、「この時源氏は十七歳であった」なんて書かれているわけではない。

ということは、計算の仕方で一年ぐらい判断がずれるということはありうるわけだ。

D　でもまあ、夕顔巻の源氏は十代後半、ずいぶん若いことは確かですよね？

土方　はい。だいたい、空蟬・夕顔・末摘花というこのあたりの短編的な巻々はみんな、源氏の若い頃の失敗談という性格が強いんです。これらの巻々での源氏は、オールマイティの恋の英雄という感じでは必ずしもない。この場面でも、怖いんだけど右近の手前虚勢を張っている、源氏の若さを表わしているという解釈は成り立つかもしれないね。笑い飛ばしたのは、事態の深刻さがまだよく飲み込めていないからだという考え方もできるかもしれない。

いずれにしても、この「うち笑ふ」という表現は、源氏の人物描写としてけっこう大事そうなので、読み飛ばしてしまわない方がいいですね。

発表者　先生、調べていて気になったんですが、この場面では夕顔のことを「女君」と呼んでいますね。この「女君」という呼び方は、ずいぶん敬意をこめたことばなんでしょうか。ここまで読んできた印象では、夕顔という人はそんなに身分が高くなさそうに感じるんですが。

土方　なるほど。この巻の中で、これまでこの人のことをなんと呼んでいましたっけ？

発表者　ええと……（テキストの頁を繰る）。

A　「女君」という呼び方が出てくるかどうかだけだったら、索引を見た方が早いよ。（自分で索引を引き始める）ここまでは、「女君」ということばは出てこないや。

土方　これまでは、夕顔のことはなんと呼んでいるの？

Ａ　これまでは、夕顔はただ「女」と呼ばれています。

発表者　正体不明だから、ただ「女」と呼ぶしかないのかな？ この場面ではじめて「女君」という呼び方に変わっています。

Ｂ　物の怪に襲われて死んでしまう場面だから、「女君」と敬意をこめて呼ぶのかしら？

Ｃ　かわいそうだから、丁寧に扱ってあげるということ？（笑）

Ｄ　ちょっと待てよ。物の怪のことは、「いとをかしげなる女」と呼んでいるわけでしょ。夕顔のことも「女」と呼んだら区別がつきにくくなる、ということもあるんじゃない？

土方　そうね。物語の中の主要な人物は固有名詞では呼ばないから、それぞれの人物が識別できるように呼び分けるという実際的な問題もあるのかもしれないね。でも、それだけでもないのかもしれない。

物語の中では、作中人物の呼び方は一定ではなくて、いろいろと使い分けられています。その時の呼び方でニュアンスの違いが出てくるから、人物の呼称には注意して読む必要がありますね。

Ａ　発表者に質問。後半の、惟光の行方を尋ねる源氏のことばに対する、預かりの子の返答ですが、テキストでは「仰せ言もなし」の下がテンになっていますね。「なし」は終止形なのに、なぜテンなんでしょう。

C　細かいことを言いだしたな。

B　写本には句読点ってないんですよね。

土方　はい。平安時代の仮名文には、句読点やカギカッコというような区切りの記号はありません。どこで切るのか、テンにするかマルにするかは、活字のテキストを作る際の校注者の判断です。

A　ということは、テキストによって句読点の位置や、どちらを使うかに違いがあるわけですね?

土方　そういうことです。

発表者　でもここは、どの注釈書を見ても、たいがいテンです。

全員　……（これ、なにか意味があるのか?という感じの重苦しい沈黙）。

土方　「さぶらひつれど」はどこへ係るのかな?

B　「申してなん、まかではべりぬる」へ係るんじゃないかしら。

発表者　その間は、惟光がしゃべったことばの、いわば引用だよね。

土方　そう。惟光が言ったことばを「よし」で受けて、間接話法的に表現しているんだね。

A　「別に仰せ言もないようだし、私はいったん引き上げます」と言ったんですね。

C　気をきかせて、二人だけにしたつもりなのかも（笑）。

発表者　ひと続きのことばだから、マルで切る必要はないと、校注者が判断しているわけですね。それが原文の呼吸だと。

D　こういう細かい本文の解釈は、校異を見ておかないと危ないよ。どの写本も同じ形なのかどうか確認しないと。

発表者　（校異のコピーを見る）青表紙本は、みな同じ形ですが、河内本は「まいらんとてまかてぬ」と直接話法になっています。「仰せ言もなし」の部分は、別本が「なしとて」となっています。

土方　鎌倉時代の初めに作られた青表紙本と河内本が、『源氏物語』の代表的な本文の系統で、どちらでもない写本を別本と呼ぶわけですね。青表紙本と河内本では、「なし」の下で切るか切らないかという問題が出てくるけれど、別本では「とて」で受けているから、惟光のことばはそこでいったん切れると考えるしかないでしょうね。でも、「とて」と「よし」と、惟光のことばの引用を受けることばが重複するのはちょっとうるさいかな。

発表者　預かりの子のことば全体としては、青表紙本の形が一番普通にしゃべっていることばらしい感じが、なんとなくします。

C　何々本とか、細かいなあ。書いてあることは一緒でしょ？

土方　そうだね。こんな細かい違いには興味が持てないという気持ちはわかります。でも、写本による本文の違いを丁寧に見ていくと、写本を写す人が、自分の好みや判断で本文にいろいろと手を加えていったらしいことがわかってきます。そういうことを通して、写した人の性格や心の動きまで何となく伝わってくるような気がして、僕なんかはわくわくするんだよね。それに、一つ一つは小さな違いでも、『源氏物語』を青表紙本で読むのと河内本で読むのとでは、全体の印象がずいぶん違ってくるんだ。そうなると、違う写本で読んでいると、違う『源氏物語』を読んでいるということにもなりかねないわけで、『源氏物語』ってそもそも何なんだという疑問も湧いてくる。

そういうことを一生懸命あれこれ考えるのも、古典を読むことの楽しみの一つなんじゃないかなあ。

全員　な、なるほど。

D　先生、最後にいっぱいしゃべりましたね。

［本文の現代語訳］

宵を過ぎる頃、（源氏の君が）少し寝入っておられたところ、枕元にとても美しい姿の女が座っていて、「それがしがとてもすばらしい方とお慕いしているのに、訪ねようともお思いにならず、こんなどうということもない人を連れ回してちやほやなさるなんて、本当に不愉快で、恨めしいこと」といって、傍らにいる人を引き起こそうとしているようにお感じになる。

妖しい物に襲われるような気がして、はっと目をお醒ましになると、灯火も消えてしまっている。不気味にお思いになって、太刀を引き抜いてそばにお置きになって、右近をお起こしになる。この女も恐ろしいと思っている様子で、そばに寄ってくる。（源氏）「渡殿にいる宿直人を起こして、紙燭をつけて参れと言いなさい」と言うと、（右近）「どうして参れましょうか。暗くて」と言うので、（源氏）「なんだ、子供みたいに」とお笑いになって、手をお叩きになると、山彦が反響する音が実に薄気味が悪い。

聞きつけてやってくる者が誰もいないのだが、女君はたいそう震え動転して、どうしていいかわからない面持ち。汗もびっしょりになって、もはや意識もはっきりしないような様子である。「物におびえやすい御性分なので、どんなに怖いと思っていらっしゃるか」と右近も申し上げる。とてもか弱くて、昼間もぼんやりと空ばかり眺めていらっしゃったのに、かわいそうに、とお思いになって、（源氏）「私が人を起こしてこよう。手を叩いて呼ぶと山彦が返ってくるのが、実にうるさい。ここに、しばらく（女君の）近くに」と言って、右近を引き寄せなさって、西の妻戸に出て、戸を押し開けなさると、渡殿の灯もすっかり消えてしまっていた。

風が少し出ているのに、人は少なくて、お付きの者も皆寝ている。この院の管理人の子で、（源氏の君が）親しくお使いになっている若い男と、殿上童ひとり、それにいつもの随身だけが控えているのだった。お呼びになると、返事をして起きてきたので、（源氏）「紙燭をつけて持って参れ。随身も（魔除けの）弦打をして、絶えず警護の声を挙げよ。人気《ひとけ》のないところで不用心に眠

り込むとはなんたることか。惟光の朝臣が来ていたようだが」とお訊ねになると、（管理人の子）
「参っておりましたが、これといってご指示もないようだし、暁にお迎えに参りますと申して退出いたしました」と申し上げる。

このように報告する者は滝口の武士なので、弓弦をいかにも堂に入ったふうに打ち鳴らして、「火の用心」と言いつつ、管理人の部屋の方へ歩み去っていくらしい。

葵の上哀傷 ❋ 葵巻　高田ゼミ

［今回の範囲］

御法事など過ぎぬれど、正日などまではなほ籠りおはす。ならはぬ御つれづれを心苦しがりたまひて、三位中将は常に参りたまひつつ、世の中の御物語など、まめやかなるも、また例の乱りがはしきことをも聞こえ出でつつ慰めきこえたまふに、かの内侍《ないし》ぞうち笑ふくさはひにはなるめる。大将の君は、「あないとほしや。祖母殿《おばおとど》の上ないたう軽めたまひそ」と諫めたまふものから、常にをかしと思したり。かの十六夜《いさよひ》のさやかならざりし秋のことなど、さらぬも、さまざまのすき事どもをかたみに隈なく言ひあらはしたまふ、はてはては、あはれなる世を言ひ言ひてうち泣きなどもしたまひけり。

時雨うちしてものあはれなる暮れつ方、中将の君、鈍色《にび》の直衣《なほし》、指貫《さしぬき》うすらかに更衣《ころもがへ》して、いとををしうあざやかに心恥づかしきさまして参りたまへり。君は、西のつまの高欄《かうらん》におしかかりて霜枯れの前栽見たまふほどなりけり。風荒らかに吹き時雨さとしたるほど、涙もあらそふ心地して、「雨となり雲とやなりにけん、今は知らず」とうち独りごちて頬杖《つらづゑ》つきたまへる御さま、女にては、見棄てて亡くならむ魂かならずとまりなむかしと、色めかしき心地にうちまもられつつ、近うついゐたまへれば、しどけなくうち乱れたまへるさまながら、紐ばかりをさしなほしたまふ。これは、いますこし濃《こま》やかなる夏の御直衣に、紅の艶《つや》やかなるひきかさねてやつれたまへるしも、見ても飽かぬ心地ぞする。中将も、いとあはれなるまみにながめたまへり。

「雨となりしぐるる空の浮雲をいづれの方とわきてながめむ

行く方なしや」と独り言のやうなるを、

見し人の雨となりにし雲居さへいとど時雨にかきくらすころ

とのたまふ御気色も浅からぬほどしるく見ゆれば、あやしう、年ごろはいとしもあらぬ御心ざしを、院などゐたちてのたまはせ、大臣の御もてなしも心苦しう、大宮の御方ざまにもて離るまじきなど、かたがたにさしあひたれば、えしもふり棄てたまはで、ものうげなる御気色ながらあり経たまふなめりかしといとほしう見ゆるをりをりありつるを、まことにやむごとなく重き方はことに思ひきこえたまひけるなめり、と見知るに、いよいよ口惜しうおぼゆ。よろづにつけて光失せぬる心地して、屈《くん》じいたかりけり。

❖

［発表者、今回の範囲について説明する］

高田　はい、ありがとう。では、これからディスカッションに入りましょう。いろいろな問題があるようで、おもしろそうですね。始めに僕から質問ですが、「かの十六夜」のところ、むずかしいところなんですね。末摘花巻で源氏と末摘花のもとへ出かけた時のことをさすようですが、諸説あって、大きく分けると、三つ、①「さやかならざりし、秋のこと」というふうに切って、春と秋との二回の訪問を指すとする説、②「秋」を「夜」の誤写とする説、③作者の思い違いとする説、という三つですね。いずれの説にも決め手がないということでしたが、それぞれどういう点で決め手に欠けるのか、簡単にまとめてみてください。

発表者　はい。まず、①は、片方は長く説明的で、片方は簡単に「秋のこと」となるので、文章のバランスが悪くて不自然です。次に、②は合理的ですが、諸本を見る限り、「夜」とする本文がないのが弱みです。問題のない「夜」から「秋」に誤写して、それがそのまま残るのも変です。それから、③は、巻が離れていればそういうこともありうると思いますが、末摘花巻はわずか三巻前なので、考えにくいのではないか。こんなところです。

高田　よくわかりました。では、みんなの方からどうですか。

A　資料に、末摘花を春に訪れた時の月の様子があげられていますね。これらから、春の方は、十六夜だけど「さやか」じゃない、と読めるんですね。

発表者　はい。春の朧月夜といっていい風情だと思います。

A　何月頃ですか。

発表者　ええっと……ちょっと待って下さい。（と言って、パラパラとテキストのページを繰る）何月とは書いてないですね。でも、梅が咲いています。

A　秋の場面では、月はどうですか。

発表者　こちらは、八月二十日過ぎ、十六夜ではないですね。「宵過ぐるまで待たるる月」「月やうやう出でて」とある以外は、月について書いてないですね。

A　そうすると、印象的なのは、やはり春の場面の方ですよね。もちろん、末摘花の顔を見てしまった冬の場面は別として。だとすると、どうして「秋」ってあるのかなぁ。

B　秋と春とだと、月のこと以外はどういう違いがあるんですか。

発表者　春は、源氏は末摘花の琴を聞いただけですが、秋の時には、源氏と末摘花との逢瀬があります。

高田　逆に、春と秋とで似ているところは、どうですか。

発表者　どちらも、頭中将（原文の「三位中将」）が出てきているところです。春は、源氏は後をつけられていますし、秋も翌日やってきた頭中将が「ずいぶん眠そうですね」などと、探りを入れようとしています。源氏と頭中将に共有の話題ということで、源典侍から末摘花に話がつながるんだと思います。

高田　何か気になる異文などは、ありませんでしたか。

発表者　はい、河内本がまったく反対に「さやかなりし」となっています。

高田　それだと、ますますわかりにくくなりますね。

C　あのー、ちょっと思ったんですけど、これは、末摘花のこと以外という可能性はないんですか。

発表者　末摘花以外ですか？まったく考えていませんでした。

A　でも、これ、末摘花のことなんでしょ？

D　いや、末摘花のこと、とは書いてないですよね。末摘花のこととして読もうとすると、矛盾が出てきて解決できないから、可能性として、ほかの人物だって一応考えてもいいんじゃ

ないかってことでしょ?

C　はい。そうです。

――一同、首をひねる。

高田　いやぁ、おもしろいですね。この表現どおりに書かれている箇所は、たしかにないんですね。末摘花以外の場合も含めて、ないようです。末摘花のこととすれば、どうしても矛盾している。作者が二つのできごとを混同しているように思えるけど、そう考えるなら、末摘花巻から葵巻まで、執筆の過程で相当時間が経っていることになりますね。もちろん、その可能性がないとは言えないけれど。ほかの人物で言えば、夕顔が亡くなるのが八月十六日だけど、これは頭中将相手には話せないはずですね。末摘花でもほかの人物でもないとすると、この表現に忠実に読むならば、これは書かれていない事柄だとも考えられます。そういう説もありますね。ただ、「かの」とあるから、まったく書かれていない人物とか、そういうことではないでしょうね。「かの内侍」「かの十六夜」とくるから、どうしても末摘花だと思いますけど、「かの」は、単なる指示語じゃない場合がありますね。葵巻の冒頭に「かの六条御息所の」とあったのを思い出してみてください。「あの」って言いながら、「六条御息所」という呼び名の人物は初登場だから、読者が知っていることとちょっと違うことを出すこともあるんですね。そういうこととも関係するかもしれません。何しろ、現在でも未解決の問題ですから、いろいろ探ってみる価値がありますね。興味のある人は、レポートで追求してみて。では、ほかのところでどうでしょう。

E　「女にては」云々のところなんですが、これはどっちが女になるんですか。

発表者　これは頭中将ですね。

E　もし、自分が女だったら、ということですね。こういう感覚って、当時普通なんですか。

発表者　いえ、「色めかしき心地」とあるから、普通というわけではないと思うんですが。

B　この「女にて」という想像は、なんというか、ちょっと変じゃないですか? そんなふうに思うんですか（と、何人かの男子を見回す）

高田　男性諸君、どうでしょう? F君、どうかな。

F　いや（と、どぎまぎして）、まあ、源氏みたいなきれいな男はめったにいないから（笑）。でも、もしいたら、この人が女だったらなあ、と思うんじゃないかな。

B　それならわかるんですよね。自分が女だったら、なんて、頭中将ってちょっと変わってるのかな。これ、源氏が女だったら、という解釈はできないんですか。

発表者　諸注、頭中将が、で一致しています。たぶん、葵の上が亡くなったところなので、そのせいかと思いますけど。

D　「女にて」何とかって、ほかにもこういうところあったような気がしますね。

発表者　すみません……。そこまで調べてありません。

高田　D君、どこか思い出せる?

D　いやあ、だめです。

高田　これは、いくつかありますね。それもね、自分が女になって、という場合と、相手を女にして、という例とどうも両方あるみたいです。たとえば、紅葉賀巻で、藤壺の三条宮を訪ねた源氏が、藤壺の兄である兵部卿宮と会うんだけど、そこでは、お互いに、相手を女にして見てみたい、と思っていますね。ここも現代からすれば頭中将が変わっている、と見えるかもしれないけれど、貴族社会での男性の美しさとか、性意識の持ち方とか、少し範囲を広げて考えられる問題のようですね。とりあえず、『源氏物語』の中でどういう例があるか検討してみましょうか。少しアドバイスしますので、発表者は、来週、もう一回資料を揃えてきてくれるかな。

発表者　わかりました。

B　先生、今のところで、もう一言いいですか。ここは、葵の上の死を悼む場面ですよね。それにしては、色恋の話とか、女になるとか、ちょっと不真面目な感じがして抵抗があるんですけど。

高田　なるほど、気持はわかります。ただ、たとえば、お葬式には精進落としというのがあるよね。あれは、人が亡くなったばかりだけど、にぎやかにやるでしょ。人の死はもちろん悲しいことだけど、残った者は寂しさを慰められながら生きて行かなくてはいけないし、ここは、四十九日を控えたところで、ここまでのほかの哀傷の場面ともまた違う面がありますね。きょうの最初の所に「ならはぬ御つれづれ」とありました。この「つれづれ」は単に暇だというような意味じゃなくて、どうしようもない空虚さなんですね。色恋の話だって結局「はてはては」とあるように、やっぱりこの世の「あはれ」に涙を流しているし、女になる、というのも、ただ色めかしいというだけではなくて、実は、この前後の表現と深く関わっている問題ですね。

E　それに関連してなんですが、頭中将が、自分が女だったらと想像しているということは、いま、亡くなったのは葵の上だから、葵の上の魂がこの世に残っているかもしれない、ということになるのですか。

発表者　うーん、そういうふうに考えられるんでしょうか。ここは、悲しみに沈んでいる源氏の姿を見て、その悲しみを抱いた美しさというか、そういう風情に惹かれている、ということでいいと思います。

E　でも、源氏と頭中将が歌を詠んでいて、葵の上の魂に呼びかけているっていう感じがするんですけど。こういう場面って、なんかそういうパターンのような気がします。

高田　これはおもしろい問題だけど、「感じ」というだけだと議論が進まないし、それから「パターン」というのも、ちょっと大雑把だな。その「感じ」を起こさせているものを、もう少し具体的に本文の中から探すことができないかな。誰かどうですか。

C　源氏が口ずさんでいる「雨となり雲とやなりにけん」という漢詩ですか。あ、それからそのもとになった漢詩ですか。

高田　ええ、そのあたりですね。ちょっと注意しておくと、いま君は、もとになった漢詩と言ったけど、ふまえられている方は、『文選』の高唐賦ね。「賦」と「詩」とは違うから区別しておいてください。その高唐賦で神女が「朝には雨になって、暮れには雲となろう」というのですね。それをふまえた劉禹錫《りゅううせき》が死別した愛人を「雨となり雲となりにけん」としのぶわけですね。だから、頭中将の思いも、この漢詩の内容と源氏の姿から引き起こされていて、自分が女だったらと想像しているけど、どこかこの場面に魂が漂っているような感じがする、ということになるんですね。ここには死者が雲になるという古代的な発想が前提になっていて、さらに雨という要素が加わって、雨になったか雲になったか、ということですよね。そこで、重要になるのは、時雨ですね。時雨ってどういうものですか。

発表者　晩秋から初冬にかけてサーッと降る通り雨、ということですか。

高田　ええ、それでいいんですけど、『源氏物語』の中の用例は調べてみましたか。

発表者　いいえ。

高田　時雨じたいは特別なことばではないけど、『源氏物語』の中では、いろいろな場面で鍵になる景物ですね。その季節だから降っているというのではなくて、天が何かに感じて時雨を降らせる、という例があります。たとえば、紅葉賀巻で、光源氏が青海波を舞うと、時雨が降って「空のけしきさへ見知り顔」とあったり、この場面のあと、源氏は左大臣邸を去りますが、そこに「をりしり顔なる時雨」などとあったりします。そういう例を考えると、この時雨も何かただならぬものがありそうですね。ただ、魂がそこにあるかといえば、魂がそこにある、というよりも、葵の上はどこに行ってしまったのだろう、という嘆きですね。そういう嘆きが生まれるのは、この場面の時期、つまり、四十九日の前という時期が関係しますね。四十九日までは、魂が中有をさまよっていて、その後、行き先が決まると信じられていたから。そこから、もういっぺん頭中将の思いに戻ると、これはこの源氏の美しさがわかる自分が女だったら、四十九日どころか、いつまでも魂が残り続けるだろう、ということなのでしょうね。

A　それは、六条御息所が死後も死霊になって出てくることの伏線ですか。

高田　なるほど、おもしろい見方ですね。ただ、さすがに若菜下巻までは遠いので、そこまではどうかな。でも、この巻の生霊事件をあらためてふり返らせるものにはなっていますね。

E　最後の「よろづにつけて光失せぬる心地」というのは、葵の上が亡くなったことや、源氏が嘆いていることをいうのですか。

発表者　はい。それと、頭中将の心内語に桐壺院や左大臣、大宮のことが出ていますから、そうした人々の落胆もあると思います。そうした人々の思いを気にしながら源氏は葵の上を重んじていたし、かなり深くも思っていた、と頭中将は感じています。その源氏が、四十九日が済んだら左大臣邸を去ることも含んでいると思います。

高田　この「光」という表現は注意しておいていいですね。光源氏の比喩というか、光源氏の存在そのものがいわば光なんですね。これから先、賢木巻から須磨巻にかけて源氏や左大臣家が衰えていきますね。そうした翳りの出発点にあたる表現といってもいいでしょう。まだほかにも議論したい問題はありますが、時間が来たので、また次回にしましょう。

［今回の範囲の現代語訳］

葵の上の四十九日の法事は繰り上げて行い、済ませたけれども、源氏の君は、四十九日のその日までは、引き続き左大臣邸に籠もっておいでになる。これまで経験したことのない所在ない日々をお気の毒に思って、三位中将はいつもおそばに参上なさって、世の中のさまざまなお話を、まじめなことも、また例によって色めかしいことも申し上げながら、お慰め申し上げておられるが、中でもあの典侍（源典侍のこと）のことがお笑いぐさになるようである。大将の君（源氏）は、「ああ、かわいそうに。おばば殿のことをそんなにばかになさるものじゃないよ」とお諫めになるものの、いつもおもしろがっていらっしゃる。あの十六夜の月もはっきりとしなかった秋のことなど、またそのほかのことも、お互いに相手のさまざまの好色事を洗いざらい言い立てなさるが、しまいには、人の世のはかなさを言い続けて泣いたりもなさるのであった。

時雨がさっと降ってしみじみとした思いになるある日の日暮れ頃、中将の君が鈍色の直衣や指貫を薄い色のものに衣更えして、まことに男らしくすっきりと、堂々とした姿で、源氏の君のもとに参上なさった。源氏の君は、西の端の高欄に寄りかかって、霜枯れの前栽を御覧になっているところであった。風が荒々しく吹き、時雨がさっと降りかかるときは、涙も競ってこぼれるような気持ちがして、「雨となり雲とやなりにけん、今は知らず」と一人つぶやかれて、頬杖をついていらっしゃるお姿を、中将は、「もし自分が女だったら、この方を後に残して死んでゆく魂は、必ずこの世にとどまってしまうだろうな」と、色めかしい気持ちでつい見つめずにはいられず、おそば近くにお座りになられるので、源氏の君はすっかりくつろいだ姿ではあるが、直衣の紐だけをお直しになる。源氏の君は、もう少し色の濃い夏のお直衣に、紅色のつやつやした下襲を重ねての喪服姿でいらっしゃるのが、いつまでも見飽きない気持ちがする。中将も、しみじみとしたまなざしで空をながめていらっしゃる。

「雨となり……（雨となってしぐれる空の浮雲を、どれがあの人が煙となって立ち上ったものと見分けてながめればよいのだろうか）

どこへ行ってしまわれたのか」と独り言のようにおっしゃられるのを受けて、

見し人の……（亡きわが妻が雨となった空までもが、いよいよ時雨で暗くなり、私の心も悲しみで暗く閉ざされている）

とおっしゃるご様子も、浅からぬ思いのほどがはっきりとうかがえるので、「おかしなことよ。年来、亡き人へのお気持ちがそれほどでもなかったのを、院などがやきもきして大事にするようとの仰せ言があり、大臣（葵の上の父）が一生懸命お世話をするのも気の毒で、大宮（葵の上の母。桐壺帝の妹）のお血筋からも疎遠にはしにくい、など、源氏の君には、あれこれ窮屈であったために、とてもお見捨てになることはできず、気が進まないご様子ながら連れ添っていらっしゃるのだろうと、お気の毒に思われる時もしばしばあったが、本当に大切な正室としては格別に思っていらっしゃったようだ」と、おわかりになるにつけて、いよいよ亡くなられたことが、残念に思われる。中将は、万事につけて光が消え失せたような気持ちがして、すっかり気落ちしているのであった。

六　物語の環境

官職制度

高田祐彦

『源氏物語』は、平安貴族社会を舞台とした物語であり、光源氏を中心とする作中人物たちは、貴族社会のさまざまな仕組みの中に生きている。ここでは、作中人物が生きる政治の世界や後宮の世界を理解するために、作中人物の身分や階級について整理をする。主として、中央政府の機構について太政官《だじょうかん》を中心にしてまとめ、さらに地方官、後宮について述べる。

1　家柄

平安時代の家柄は、皇族とそれ以外の氏族とに大きく分けられる。氏族の中では、藤原氏が古代から有力な氏族であり、平安中期には、他の氏族を圧倒して政治の実権を握った。藤原氏に対抗する勢力としては、源氏がある。源氏は、皇族から臣下に下った一族で、臣下に下る折に「源」の姓を与えられる。これを賜姓《しせい》源氏と呼ぶ。嵯峨天皇の時代に始まり、十世紀には、醍醐天皇の皇子たち、いわゆる醍醐源氏が活躍したが、十世紀後半に、醍醐源氏の源高明、兼明兄弟が藤原氏によって失脚させられると、源氏の勢力は衰え、藤原氏の覇権は確定的になった。

帝の皇子は、皇族の一員として認められるために親王宣下《せんげ》という手続きがとられるが、桐壺帝は、光源氏（第二皇子）に親王宣下をすべきかどうか悩んだ末、臣籍降下させることにしたのであった。こうして、「源氏」物語が開始するのである。光源氏には、源の某という実名があるはずだが、物語には書かれていない。

また、この物語では、「源氏の后」が続くが、それについては後述する。

一方、光源氏以外の政界の実力者は、いずれも藤原氏のイメージを負っている。左大臣家、右大臣家、それを継承する頭中将、あるいは鬚黒などである。

2　太政官《だじょうかん》・八省

当時の政治をつかさどっていたのが、太政官である。規模は小さいが、今日の政府にあたる。その最上層は、摂政・関白、大臣や大納言、参議などからなる公卿《くぎょう》である。これは、今日でいえば、閣議にあたる集団である。太政官の下に八省があり、ほかにも数多くの役所があるが、ここでは、『源氏物語』に関わりのある官職に限って解説をする。

摂政・関白

天皇を補佐する最高権力者。『源氏物語』では、左大臣（葵の上の父）が冷泉帝の摂政になる例があるが（「澪標」）、関白の例はない。

太政大臣

大臣を務めた者の内でも、徳の高い人物が就く規定であるが、現実には際立った実力者が就いた。具体的な仕事はなく、名誉職である。朱雀帝の時代には、帝の祖父（もとの右大臣）がなっていた。冷泉帝の時代になると、源氏の要請によって、朱雀帝時代には致仕していた左大臣が就き、摂政も務めた。薄雲巻で薨去した後は、光源氏が就任し、源氏が准太上天皇になったのちは、内大臣となっていた頭中将が後を継いだ。

左大臣

太政官の最高責任者。桐壺巻から葵の上の父が就いている。桐壺帝の妹を妻に持ち、帝の信頼が厚い。娘に対する東宮からの所望を断って、臣籍に降下していた光源氏と結婚させた。摂関政治の権力者として異例の選択である。左大臣は他にも登場するが、みな端役であり、左大臣といえばもっぱらこの人を指す。

右大臣

左大臣に継ぐ地位。はじめに登場するのは、弘徽殿女御の父、朱雀帝の祖父。軽率な性格や専横なふるまいなど、明らかに左大臣に劣る。今上帝の世では、鬚黒が就任して、政治の実権を掌握する。宇治十帖では、夕霧がなっており、匂宮などに煙たがられている。

内大臣

左右大臣と同様の職掌。光源氏とそれに続いて頭中将がなっている。頭中将は、源氏を後から追うようにして、内大臣、太政大臣となっている。この二人は、左右大臣にならず、内大臣から太政大臣へ進んでいる点、史実と比べるとめずらしい。

大納言

大臣とともに政務を行い、大臣不在の折はその職務を代行する。『源氏物語』の頃は三、四人。頭中将や夕霧、また定員外の権大納言として、光源氏、柏木、薫などがなっている。故人として、桐壺更衣の父按察使《あぜち》大納言、紫の上の祖父の按察使大納言などもいる。

中納言

『源氏物語』の頃は、五、六人。頭中将や夕霧、柏木、薫などがなる。光源氏は、明石から帰京して、須磨下向前の参議右大将から中納言をとび越して権大納言になった。

参議

宰相ともいう。定員八名。源氏、頭中将、夕霧、柏木、薫などは、みな務めている。太政官の中枢である公卿は、参議以上、位は三位以上で、構成される。

弁官

八省を統括して、公卿との連絡にあたる。学才のある者が就く、堅い役職と見られていたらしく、六条院の蹴鞠の折、源氏は、弁官でさえ興に乗って蹴鞠をしているのだから、もっとにぎやかに、と夕霧や柏木をけしかける（「若菜上」）。

八省

今日の中央省庁に相当する。長官は卿、次官は輔である。卿には親王が任ぜられる所があり、式部卿宮（朝顔の姫君の父、紫の上の父。式部省は、文官の人事を扱う）、兵部卿宮（紫の上の父、螢宮、匂宮。兵部省は、武官の人事を扱う）などが登場する。

3　衛府《えふ》

近衛府《このえふ》

宮中の警護にあたる。左右に分かれ、長官はそれぞれ左大将、右大将という。次官は中将で、うち一人は蔵人頭を兼任し、頭中将と呼ばれる。源氏の親友のいわゆる「頭中将」やその息子柏木などがついている。中将は、典型的な出世コースの足掛かりとなる。また、恋物語の主人公という印象も強く、帚木三帖から花宴巻までは若き中将である光源氏の数々の恋物語といえる。葵巻で大将になると、軽々しい忍び歩きが減ったと書かれる。夕霧や薫も中将、大将になっている。歴史上では、在原業平が、在五中将と呼ばれた。

衛門府《えもんふ》

近衛府同様、宮城を警護する役所。外側の宮城門を守る。長官は、督《かみ》。柏木は、女三の宮との事件の頃の官職でもっぱら衛門督と呼ばれる。

4　蔵人所《くろうどどころ》

蔵人は、天皇の側近として、宮中の諸方面との連絡に当たる。長官は別当といい、大臣が務める。実質上の長は蔵人頭《くろうどのとう》で、通常近衛中将と弁官から選ばれ、それぞれ頭中将、頭弁という。頭中将といえば、源氏の親友である、左大臣の息子があまりにも有名。賢木巻では、右大臣の甥の頭弁が時流に乗った勢いで、源氏に向かって漢籍の一節を口にして「謀反は失敗しますよ」というあてこすりを言う。

5　地方官

地方の諸国には中央から国司が任命、派遣されて行政をつかさどる。主に長官の「守《かみ》」、次官の「介《すけ》」が物語に登場する。親王が名誉職として守になる国（たとえば常陸国）では、介が実質上守となり、また守と呼ばれる。

明石の入道は、みずから近衛の中将を辞して播磨守になった。彼は、一家から后が出るという不思議な夢を見て、その実現のために、国司となって莫大な蓄財を志した。とてつもない野望と偏屈な人柄に、当時の国司のあり方を併せ持っている。

空蟬の夫である伊予介は、本人はわずかに登場するだけだが、受領の後妻に収まった空蟬の身のほど意識を描く上で重要な存在である。空蟬は、かつては親が宮仕えにと望んでいたが、親が死んだために受領の後妻となる、という思わぬ人生を送ることになった。もっとも、『枕草子』には「受領の北の方にて国に下るをこそは、よろしき人の幸いの際と思ひて、めでうらやむめれ」とあり、一般に受領の妻自体が見下されていたわけではない。

浮舟の義父になる常陸介は、およそ教養に欠けた現実主義の人物であるが、確かなリアリティがあり、貴族世界の外側に確実に新しい階層が成長してきていることを実感させる。

6 後宮《こうきゅう》

天皇とその配偶者を中心とする集団のことで、中宮以下の天皇の「妻」と女官とに分けられる。

中宮

天皇の配偶者には、正式には皇后がいるが、平安中期以降は、これと同格に扱われる中宮が出てきた。中宮は女御の中から選ばれるが、これが決定すると後宮の序列が確定する。桐壺巻冒頭の「女御更衣あまたさぶらひたまひける」は、単に後宮が多くの女性でにぎわっていたということではなく、その序列が決定していないという緊張した状態でもある。

『源氏物語』の中宮は三人、桐壺帝の藤壺、冷泉帝の秋好中宮、今上帝の明石の中宮であり、朱雀帝にはいない。秋好、明石いずれの立后の折にも、皇族の血を引く人物（広く「源氏」ともいう）が続けて中宮になることに、世間から非難があった。皇族の血を引く女性が続けて中宮になることは、史上に例を見ない事態だからである。「源氏の后」にこだわる点でも、この物語は「源氏」物語なのである。

女御

多く大臣の娘が選ばれる。歴史上有力な女御は、清涼殿に近い弘徽殿や藤壺（飛香舎）に住み、物語でも同様である。弘徽殿女御には、右大臣の娘（桐壺朝）、また頭中将の娘（冷泉朝）がいる。前者がいわゆる弘徽殿女御、桐壺更衣を迫害した中心人物。光源氏や藤壺のことも快く思わず、朱雀帝即位後は、権勢を振るった。後者は、いちはやく冷泉帝の後宮に入ったが、源氏の後見する梅壺女御（六条御息所の娘。のち秋好中宮）と競った末、絵合で敗れた。

藤壺には、まず桐壺帝が迎えた先帝の四の宮がいる。光源氏が思いを寄せた「藤壺」である。この藤壺の妹は、朱雀帝に入内して、やはり藤壺に住んだ。その娘が女三宮である。また、今上帝にも藤壺女御がいるが、この人は左大臣（系図不明）の娘である。

麗景殿女御は桐壺帝の女御。その妹が花散里である。承香殿女御は、朱雀帝の女御で、兄に鬚黒がおり、その皇子は今上帝となる。

更衣

女御の下の階級。大納言以下の娘がなる。桐壺更衣は、本来女御以上に愛されるべきではないところを愛されたために、周囲の嫉妬の的となった。更衣から生まれた子は、「更衣腹」などと言われ、女御を母に持つ子に比べれば、格下の扱いであった。光源氏が臣籍降下するのは、母が更衣であることと深い関わりがある。女御が生んだ皇子が臣籍降下した例はなく、光源氏が臣籍降下するためには、母は更衣でなければならなかったからである。

御息所

「御休み所」から出た語といわれる。天皇（東宮）の侍妾の総称であるらしく、女御や更衣のようなランクを表す語ではない。『源氏物語』で御息所と呼ばれるのは、桐壺更衣、六条御息所、一条御息所（朱雀院の更衣、落葉の宮の母）などであり、皇子（皇女）を生んだ人の呼称ともいわれる。

内侍司《ないしのつかさ》

天皇のそば近くに仕えて、奏上や宣下を伝える。長官は、尚侍《ないしのかみ》であるが、有力貴族の娘が就くようになってから、次第に天皇や東宮の夫人となった。源氏が須磨へ下る理由の一つは、源氏が関係を持っていた朧月夜尚侍が実質上朱雀帝の妻であったことである。また、玉鬘も尚侍になったが、鬚黒は玉鬘が冷泉帝にひかれることを心配して、なかなか出仕を許さない。次官は典侍《ないしのすけ》で、日頃帝にもっとも近く仕える女官である。好色な老女源典侍《げんのないし》は、異彩を放つキャラクターである。

命婦

内侍司の女官とも女房の一階級ともいわれるが、はっきりしない。桐壺更衣が亡くなった後、帝は靫負命婦《ゆげいのみょうぶ》を更衣の実家に遣わす。ほかに、源氏を藤壺のもとに導いた王命婦、源氏に末摘花の情報をもたらした大輔命婦などが登場する。

物語の地理

土方洋一

——貴族の邸宅

物語の中に登場する主要な邸宅は、平安京の中のどのあたりに想定されているのだろうか。様々な出来事の舞台となるそれらの邸宅は、イメージを具体的にするために実在のそれと重ね合わせて設定されている場合と、虚構の場所であるため実在の有名な邸宅がある位置を避けて設定されている場合と、両方のケースがあるようである。ここでは、実在した有名な邸宅とどのような位置関係にあるのかはひとまず度外視して、本文の記述から読みとれる範囲で位置の推定を試みる。

ア　二条院

もと按察《あぜち》大納言の邸宅で、桐壺更衣の里邸であった。母北の方が死去した後、帝の宣旨によって改築されたとあるのは（「桐壺」）、大納言一族が絶えたため皇室の所領に準じるものとなったことを意味するのかもしれず、二条院の呼称はそれに由来するのかもしれない。光源氏は、自分が生まれたこの邸をひき続き私邸として使用していたが、やがてこの邸に紫の上を引き取り、須磨退去に際してはその管理を紫の上の手に委ねた。紫の上は晩年、六条院からこの邸に戻ってここで死去し、その後は匂宮に伝領された。

二条院という呼称から推測すると、二条大路に面した南北両側か、二条大路以北の地域にあったことになるが、その位置を推測させる最も重要な記述は、伊勢の斎宮の群行の場面にある次の記述である。

暗う出でたまひて、二条より洞院《とうゐん》の大路を折れたまふほど、二条の院の前なれば、大将の君、いとあはれにおぼされて、（「賢木」）

（内裏を）暗くなる頃にお発ちになって、二条大路から洞院の大路をお曲がりになるところは、二条院の前なので、大将の君（源氏）はとても胸が熱くなって、

洞院大路は東と西とがあるが、単に「洞院」といえば東を指すのが普通のようだ。ここも東洞院大路のことだとすると、斎宮の行列は二条大路を東行して東洞院大路を南下して三条大路に出たと考えられるので、光源氏の二条院は、二条大路から東洞院大路へと右折するあたりに

想定されていることになる。後に隣接した二条東院を造営していることから見て、東洞院大路の東側と見るのが自然か。

イ　左大臣邸

光源氏の岳父左大臣の邸宅で、光源氏が正妻葵の上との結婚生活を営んだ場所である。葵の上はここで六条御息所の生霊に脅かされ、一子夕霧を生んだ後死去した。

この邸の位置は特定しにくいが、光源氏がひそかに常陸宮邸を訪れる場面に、「この夕つ方、内裏よりもろともにまかでたまへる、やがて大殿（左大臣邸）にも寄らず、二条院にもあらで、ひき別れたまへるを、いづちならむと、ただならで」（「末摘花」）とあるので、内裏から二条院への途上にあると考えられる。帚木巻では、左大臣邸に退出した光源氏が、方塞がりに当たっていることを指摘され、「二条院にも同じ筋にて、いづくにか違へむ」と困惑しており、内裏—左大臣邸—二条院はほぼ直線上の位置関係にあることになる。また、頭中将が二条院を訪れる場面では、「内裏よりか」という源氏の問いに対して、頭中将が「しか。まかではべるままなり」と答えているので（「末摘花」）、両邸は近い位置関係にあるらしい。物語の後の方では、左大臣の北の方大宮の邸が「三条の宮」と呼ばれていて（「野分」）、これが元の左大臣邸のことならば、左大臣邸は三条大路寄りに位置していたことになる。よくわからないながら、いちおう二条大路の南、室町小路東の一画あたりを想定しておく。

なお、光源氏が方違えをして空蟬と出会う紀伊守邸は、「中川のわたり」にあったと記されている（「帚木」）。中川は条里の東を賀茂川と並行して流れているが、内裏から南東では左大臣邸や二条院と同じ方角になってしまい、方違えをしたことにならないから、内裏から東あるいは東北に当たる範囲のうちのどこかであろう。

ウ　夕顔の宿

夕顔が仮住まいをしていて光源氏と出会った宿は五条にあり、光源氏が内裏から「六条わたり」にある愛人（のちに六条御息所のことだとわかる）の邸へ行く際の中宿りに訪れた大弐の乳母の家に隣接していた。六条御息所邸は「六条京極わたり」にあるとされ、夕顔の宿はそれに近い五条辺ということになるが、光源氏が乳母の家を訪問した際門が閉まっていて、開くのを待っている間、源氏が「むつかしげなる大路のさま」を見わたしているので、五条大路に南面しているらしい（ただし、上級貴族だけが大路に面して邸を構えることを許されていたようなので、揚名介の家という設定の邸が五条大路に面しているとすることには、やや疑問が残る）。夕顔の家は、乳母の家からは「この西なる家」と言い表わされているので、東側は大路小路に面していない。これらのことから見て、五条西洞院から五条東洞院の間の北側のどこかに想定されていたと見てよいのではないか。加納重文氏によれば、光源氏が夕顔と添い臥しながら聞く「南無当来導師」の声は、因幡堂（高辻南烏丸東）の社頭での祈願ということであり（『源氏物語の研究』）、この説に従えば、夕顔の家は因幡堂の至近、先の推定の範囲のうち東洞院大路に寄ったあたりとなる。

エ　三条の宮（藤壺里邸）

藤壺宮の里邸で、ここで光源氏との逢瀬が重ねられ、冷泉帝を出産した。桐壺院崩御後、藤壺はこの邸で出家生活を営み、ここで崩御する。

内裏に近い二条大路の南側は、堀河院・閑院・東三条院など、藤原摂関家の邸宅が立ち並んでいた地域だが、物語の中では、藤壺の三条邸は右大臣邸の向かいで（「賢木」）、弘徽殿の大后の里邸即ち右大臣邸は「二条の宮」と呼ばれている（「若菜上」）。藤壺の三条の宮は、二条大路を挟んで右大臣邸と向かい合っていたことになる。堀河院以下の三邸のいずれかの位置に重なるかもしれない。仮に東三条院のあたりと考えておく。

オ　三条の宮（女三の宮邸）

女三の宮が父朱雀院から伝領した邸。女三の宮は六条院から退去したあとこの邸に住み、後には薫もまたここを自邸とした。

この邸は紫の上の二条院と隣接していて、二条院の側からは「南の宮」と呼ばれ（「宿木」）、三条の宮の側からは二条院のことを「北の院」「北の宮」と呼んでいる（「宿木」・「蜻蛉」）。先の推定のように二条院が東洞院大路の東側だとすると、その南側（押小路南、東洞院東）の一角に当たる。

カ　六条院

いうまでもなく光源氏の邸宅で、「六条京極わたり」に、六条御息所邸を中心に四町を占めて造営されたとあるので（「少女」）、位置は明確である。源融の河原院の故地に当たる。秋好中宮が住む南西の町が、六条京極の御息所邸があった場所に当たるとあるが、六条院全体が条里の内に収まっていなくては不自然なので、六条御息所邸は六条京極の交地より一町西に寄っていると理解するのが穏やかだろう。

キ　朱雀院・冷泉院

これまでに取り上げてきたのは、みな物語に出てくる架空の邸宅だが、この二つは実際に存在した後院《ごいん》（天皇が譲位した後に住む場所）である。朱雀院は三条大路南、朱雀大路西の一角。物語の中では、一院と呼ばれている上皇（おそらく桐壺帝の父）がここに住み、桐壺帝が行幸し

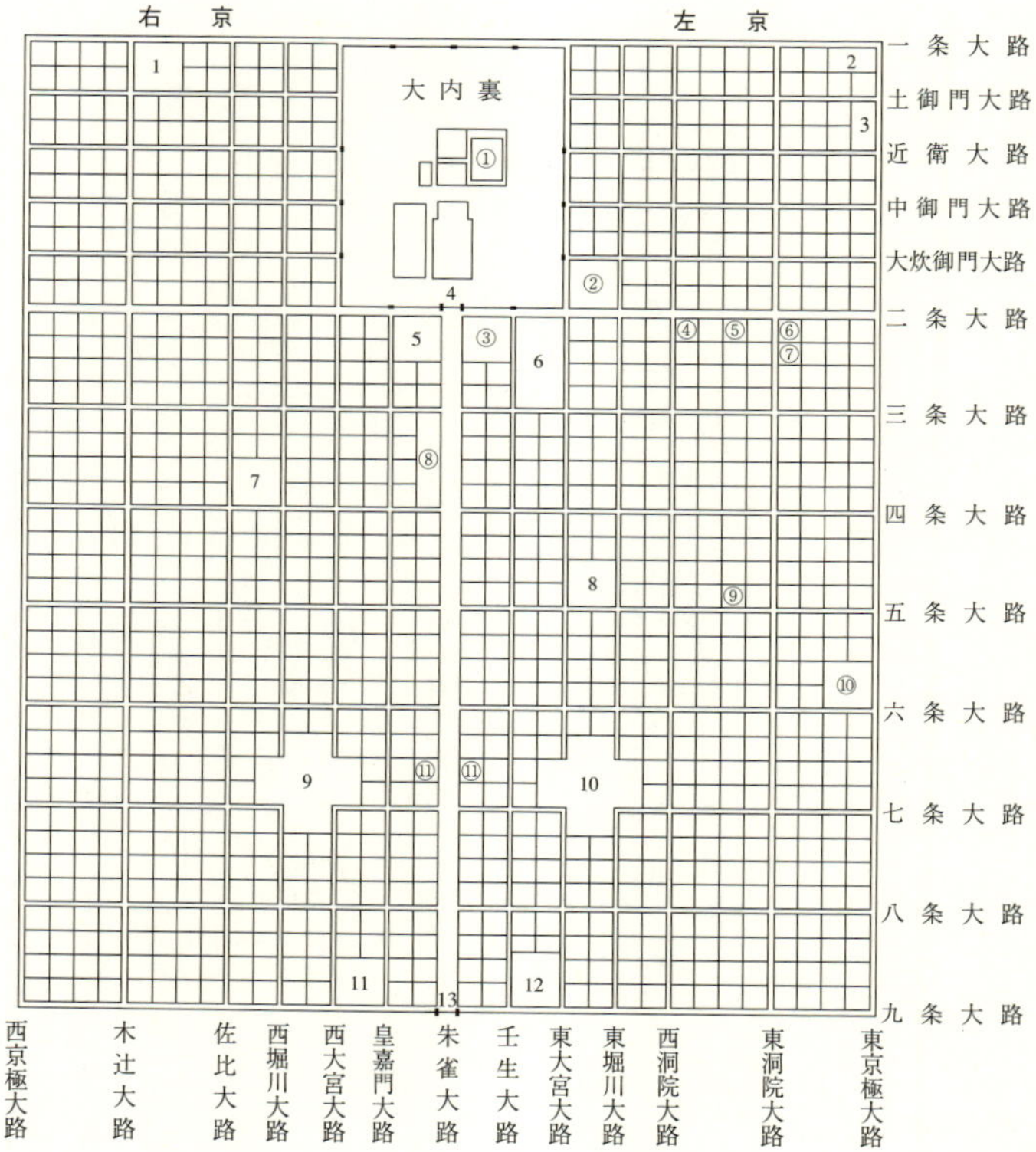

①内裏　②冷泉院　③大学寮　④三条宮(藤壺)?　⑤左大臣邸?　⑥二条院
⑦三条宮(女三の宮)　⑧朱雀院　⑨夕顔の宿　⑩六条院　⑪鴻臚館

1宇多院　2染殿　3京極殿(土御門殿)　4朱雀門　5穀倉院　6神泉苑　7淳和院
8五条院(後院)　9西市　10東市　11西寺　12東寺　13羅城門

※丸数字は『源氏物語』に登場する場所。

平安京条坊図

たおりに、光源氏と頭中将とが青海波を舞っている。（「紅葉賀」）。また、光源氏の兄の朱雀帝も、退位後ここに住んだ。

冷泉院は二条大路北、東大宮大路東の一角。物語の中では、光源氏と藤壺との間に生まれた冷泉帝が退位後の住まいとした。冷泉院はここに光源氏や螢宮を招き、月見の宴を催した（「鈴虫」）。また光源氏の没後には、薫が親しく出入りしている（「橋姫」）。

なお、物語に登場するこれらの上皇が「朱雀院」「冷泉院」と呼ばれるのは、後院である朱雀院に住んでいる上皇、冷泉院に住んでいる上皇、という意味でそう呼んでいるのであって、崩御した後「朱雀天皇」「冷泉天皇」と正式に呼ばれる呼称（謚号《しごう》という）とは異なる、一種の通称である。

――内裏と殿舎

内裏は大内裏の中央東寄りに位置し、南北百丈（約三〇三メートル）、東西七十三丈（約二二〇メートル）で、南半分は紫宸殿を中心とする公的な性格の強い区域で、北半分は天皇の后妃の住む、いわゆる後宮を構成する。

1　紫宸殿《ししんでん》（南殿《なでん》）

母屋中央に天皇が座る高御座《たかみくら》が据えられ、公的な儀式の中心的な場となる。物語の中では、朱雀帝の元服の儀式がここで行われた（「桐壺」）。また、花宴巻での桜花の宴などもここで催されている。

2　清涼殿《せいりょうでん》

天皇が寝食など常の生活をする建物。夜は「夜の御殿」という一間で就寝するため、后妃は与えられている殿舎からここへ召される。弘徽殿と藤壺（飛香舎）に関してはこの建物の中に「上御局《うえのみつぼね》」と呼ばれる控え室があり、格の高い后妃にこの二舎が与えられることを示している。背後にある後涼殿は「納殿《おさめどの》」と呼ばれるスペースが中心になる。

3　後宮

承香殿《じょうきょうでん》・常寧殿《じょうねいでん》・貞観殿《じょうがんでん》・登花殿《とうかでん》・弘徽殿《こきでん》・宣耀殿《せんようでん》・麗景殿《れいけいでん》・襲芳舎《すほうしゃ》・凝華舎《ぎょうかしゃ》・飛香舎《ひぎょうしゃ》（藤壺）・淑景舎《しげいしゃ》（桐壺）・昭陽舎《しょうようしゃ》の十二舎は、天皇の后妃の居住スペースである。以下、『源氏物語』と関わりの深い建物を紹介する。

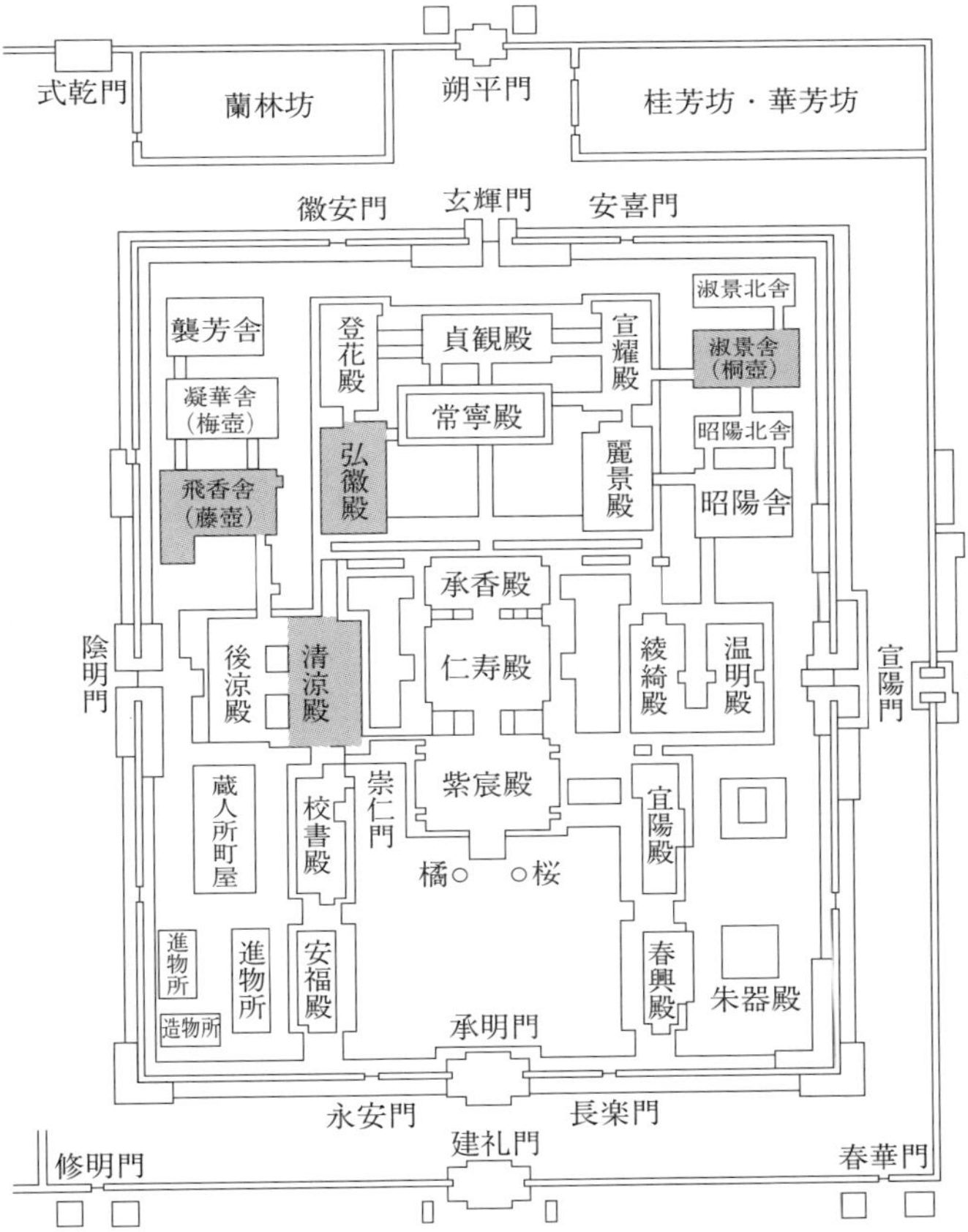
式乾門
蘭林坊
朔平門
桂芳坊・華芳坊
徽安門
玄輝門
安喜門
淑景北舎
襲芳舎
登花殿
貞観殿
宣耀殿
淑景舎（桐壺）
凝華舎（梅壺）
常寧殿
昭陽北舎
弘徽殿
麗景殿
飛香舎（藤壺）
昭陽舎
承香殿
陰明門
後涼殿
清涼殿
仁寿殿
綾綺殿
温明殿
宣陽門
建春門
紫宸殿
崇仁門
蔵人所町屋
校書殿
宜陽殿
橘
桜
進物所
進物所
安福殿
春興殿
朱器殿
造物所
承明門
永安門
長楽門
建礼門
修明門
春華門

平安京内裏図

飛香舎（藤壺）　天皇のいる清涼殿に最も近い建物で、桐壺帝の藤壺中宮、その異母妹に当たる、朱雀帝の藤壺女御（女三宮の母）、今上帝の藤壺女御がここを御座所とした。

弘徽殿　飛香舎と並び格の高い后妃に与えられる殿舎で、右大臣家の姫君が桐壺帝に入内してここに住み、弘徽殿女御と呼ばれている。花宴の折、光源氏は酔いの紛れにここへ侵入して、滞在していた女御の妹君、朧月夜と契りを結ぶ。朧月夜は後に朱雀朝の尚侍《ないしのかみ》として入内し、登花殿から弘徽殿へと移り住んでいる。冷泉朝にはかつての頭中将の姫君が入内して弘徽殿女御と呼ばれている。

凝華舎（梅壺）　桐壺院の崩御後、弘徽殿大后が参内する折にはここを仮の御局としていたとあるので（「賢木」）、朱雀朝には后妃は住んでいなかったと考えられる。冷泉朝には、斎宮の女御（後の秋好中宮）がここに住まい、梅壺の女御と呼ばれている。

淑景舎（桐壺）　光源氏の母更衣が入内してこの殿舎を与えられた。帝のもとへ参る際に、他の后妃から様々な嫌がらせを受けたとあるのは（「桐壺」）、ここから清涼殿までの往復の途次のことである。母更衣、祖母北の方が死去した後は、光源氏が更衣付きの女房などをそのまま留めて、ここを内裏における住まいとした。のちに光源氏の娘明石の女御が入内した折にも、ここを殿舎として使用した。

――郊外

1　北山

光源氏は北山の「なにがし寺」に「わらはやみ」の治療に訪れ、少女だった紫の上とはじめて出会う（「若紫」）。この「なにがし寺」については、古注釈以来、鞍馬寺《くらまでら》をイメージしているとする説が有力だが、平安時代に北山と呼ばれた地域はそれほど奥まってはいないようである。今仮りに、洛北の鷲が峰、鷹が峰のあたり一帯の山並みを考え、「なにがし寺」はその近辺にあった古寺をイメージしているものと考えておく。

2　嵯峨野

都の西方で、現在でも水と紅葉の名所として有名だが、平安時代の初めから皇族貴族の隠棲、遊楽の地として知られていた。嵯峨野近辺は、斎宮に選ばれた女性が精進潔斎する場所でもあるが、その場所は斎宮ごとに新たに選ばれる。現在の野宮神社がある場所に決まっていたわけではない。斎宮に卜定され伊勢へ赴く姫君とともに、嵯峨野の野宮で潔斎していた六条御息所の許を、光源氏は別れを告げに訪れる（「賢木」）。上京してきた明石の君の山荘があったのは、大堰川の近くで、大覚寺の南にある光源氏の嵯峨の御堂や桂の院にも近い（「松風」）。光源氏は晩年、出家して嵯峨の院に隠棲したとあるので（「宿木」）、物語には描かれていないが、この嵯峨野の地で没したのであろう。

3 小野

京都の北東、比叡山のふもとにあたる一帯が小野と呼ばれる土地である。一条御息所の山荘があり、夕霧が御息所を見舞いがてら落葉宮に会いに行くのが小野の山荘だが、松ヶ崎のあたりを通って訪問しているので（「夕霧」）、一乗寺から上った、現在修学院離宮があるあたりを想定しているかと思われる。また、浮舟が出家して、尼君と共に過ごすのも小野の里で、「かの夕霧の御息所のおはせし山里よりはいますこし入りて」（「手習」）とあるので、さらに上った八瀬のあたりと考えればよいだろうか。

4 宇治

山里宇治は、いうまでもなく宇治十帖の舞台である。平安京から奈良へ向かって南下してゆく途中の山あいの地である。光源氏の弟である八の宮が、京の自邸が焼けた後、姫君たちを連れて宇治へ隠棲した。そこへ薫が通い始めるところから、宇治十帖の物語が始まる。宇治川の流れは古来歌にも多く詠まれるが、八の宮の山荘は「網代のけはひ近く、耳かしがましき川のわたりにて」とあり、「川のこなた」ともあるので(「橋姫」)、宇治川の北側、現在宇治上神社のあるあたりを考えればよいか。八の宮・大君が死去し、中君も匂宮の妻として二条院に移住した後、薫は大君・中君の異母妹浮舟を、密かに宇治に住まわせる。のちに失踪した浮舟が、失神した状態で横川の僧都一行に発見されるのは、故朱雀院の御領であった「宇治の院」のあたりであったと述べられている。これも宇治川にほど近い、古くからの皇室の所領であった場所というイメージであろう。

調べるためのツール

杉村千亜希

一、注釈書

戦後の主要な注釈書を刊行年代順に掲げる。

『日本古典全書』（池田亀鑑校注　朝日新聞社　七冊）　本文に簡潔な頭注を付す。七冊目には、宇治十帖の続編にあたる擬古物語『山路の露』を収載する。

『日本古典文学大系』（山岸徳平校注　岩波書店　五冊）　頭注の他、主語・目的語等を本文にカッコ付きで補うなど読みやすい工夫がなされている。底本に宮内庁書陵部の青表紙証本が用いられているので、他の注釈書と本文が異なる場合がある。

『源氏物語評釈』（玉上琢彌校注　角川書店　十二冊　別巻二冊）　本文の段落ごとに、下段に現代語訳、後ろに語釈と鑑賞をつける。別巻の事項索引は便利。

『日本古典文学全集』（阿部秋生・秋山虔・今井源衛訳注　小学館　六冊）は、本文の上段に頭注、下段に現代語訳を付す。六冊目巻末の人物解説、作中和歌一覧、年立が便利。

『新潮日本古典集成』（石田穣二・清水好子校注　新潮社　六冊）　頭注の他、会話文の話し手や主語、部分訳などを傍注で補う。

『新日本古典文学大系』（柳井滋・室伏信助・大朝雄二・鈴木日出男・藤井貞和・今西祐一郎校注　岩波書店　五冊）　大島本に忠実な翻刻に脚注を施す。前記旧『大系』とは全く別の注釈なので要注意。

『新編日本古典文学全集』（阿部秋生・秋山虔・今井源衛・鈴木日出男訳注　小学館　六冊）　前

記旧『全集』と同じく、頭注・本文・下段現代語訳の併記の形をとる。最新の研究成果が盛り込まれており、本文の処理を含めて旧『全集』とは大きく異なるので注意が必要。

近代以前の注釈書も数多くあるが、江戸時代前期の北村季吟による『湖月抄』が、中世以前の諸説を集成していて、まず手にするのにはよい。『増註：源氏物語湖月抄』（講談社学術文庫）は、『湖月抄』以後の注も補われているので前近代の説を概観するには至便である。個々の古注自体は、『源氏物語古注集成』（おうふう）等にほとんど翻刻されている。

二、校異・索引・事典類

本文の異同については、青表紙本系統の善本を基準に、諸本の異同を一覧した『源氏物語大成』（池田亀鑑編　中央公論社）校異編が、まず参照すべきもの。青表紙本系統の善本といわれているものに関しては、大島本は『大島本　源氏物語』（角川書店　十冊　別巻一冊、DVD-ROM版もあり）、三条西家本は、『日本大学蔵　源氏物語』（八木書店　十三冊）、青表紙証本は、『宮内庁書陵部蔵　青表紙本　源氏物語』（新典社　五十四冊　別巻二冊）等の複製・影印も刊行されているので、校異をみているだけではっきりわからない場合は、直接それらを参照するとよい。

ことばの用例を調べる場合は、前記『源氏物語大成』の索引編のほか、『源氏物語語彙用例総索引』（上田英代（他）共編　勉誠社）があり、後者は前後の文脈が一覧できるので便利。本文中の引歌の検索には、『源氏物語引歌索引』（伊井春樹編　笠間書院）が役立つ。

歌語や当時の歌人など和歌に関係した事柄については『新編国歌大観』（角川書店　CD-ROM版もあり）のほか、『歌枕歌ことば辞典』（片桐洋一著　笠間書院）や『日本歌語事典』（佐佐木幸綱・杉山康彦・林巨樹編　大修館書店）、『歌語例歌事典』（鳥居正博編著　聖文社）『和歌大辞典』（犬養廉（他）編　明治書院）などが参考になる。

事典類は、異なる見地から説明していることがあるので、複数のものを併用したい。

語彙については、『古語大辞典』（小学館）・『角川古語大辞典』（角川書店　CD—ROM版もあり）・『日本国語大辞典』（小学館）がある。また、『王朝語辞典』（秋山虔編　東京大学出版会）は、平安文学を読む上で重要な語意について詳細に解説している。

『源氏物語』に関する事項全般については、『源氏物語事典』（池田亀鑑編　東京堂出版）・『源氏物語事典』（三谷栄一編　増補版　有精堂出版）・『源氏物語事典』（秋山虔編　学燈社）・『源氏物語事典』（林田孝和（他）編　大和書房）などがある。

『源氏物語』を読む上で重要な仏教思想に関しては、『望月佛教大辭典』（望月信亨・塚本善隆他編　世界聖典刊行協会）・『佛教大辭典』（織田得能　東京大倉出版）・『日本佛教語辞典』（岩本裕　平凡社）などがある。

歴史全般に関しては、『國史大辞典』（吉川弘文館）・『平安時代史事典』（角川書店）があるほか、六国史に続く編年体史料集としては、『大日本史料』（東京大学史料編纂所）が便利。簡略なものとしては、『史料綜覧』（東京大学出版会）もある。事項別百科辞典として使えるものに、『古事類苑』（吉川弘文館）・『廣文庫』（物集高見　名著普及会）がある。歴史上の人物の系図を調べる際には、『尊卑分脈』（吉川弘文館）がある。

三、研究史の把握

研究史の整理と現状は、『源氏物語講座』（有精堂　八冊　別巻一冊）・『源氏物語講座』（勉誠社　全十巻）・『講座源氏物語の世界』（有斐閣　九巻）などによって見ることができる。別冊国文学『新・源氏物語必携』（学燈社）なども便利。また、雑誌『国文学　解釈と鑑賞』別冊『源氏物語　鑑賞と基礎知識』（至文堂）は、巻ごとの分冊で、最新の研究結果が盛り込まれ、詳細である。個々の論文の検索には、『国文学年鑑』（至文堂）が年次別に刊行されている。

近年、インターネット上に公開されている資料も増えているが、必ずしも正確ではない場合もあり、取り扱いには十分に注意すべきである。

〈参考サイト〉

http://www.nijl.ac.jp/　国文学研究資料館のホームページ。中の「電子資料館」の書誌・目録データベースでは、過去の論文の検索ができる。また、『日本古典文学大系』に収められた全作品の本文や勅撰集の和歌の語彙検索ができる。

http://www.genji.co.jp/index.html　「古典総合研究所」のホームページ。『源氏物語』の基礎的事項や、中古作品の語彙検索ができる。

読書ガイド

東　俊也
室田知香

西郷信綱『日本古代文学史』（一九五〇年、岩波書店）

文学史の醍醐味を味わうことができる一冊。文学史の知識を得る参考図書としては他にもさまざまなものがあるが、歴史の動向から文学というものの秘密を搾り取ってこようとするかのような論の力強さとダイナミックさという点で、独自の魅力をもつ著書であろう。東アジアの動向や、ひいては世界の文学の動向なども踏まえながら、文学という人間の営みについて考える。上代から院政期頃までの文学史を覆っており、個々の作品の内容や諸作品間の特質の比較など、楽しみながら概観することができる。一九五一年に岩波全書として刊行、その後修正を加えながら、九六年岩波同時代ライブラリー、二〇〇五年岩波現代文庫に入った。（室田）

三谷栄一『物語文学史論』（一九五二年、有精堂）

発生・成長・崩壊の三つの段階に分けて、物語を史的観点から論じる。三谷氏は、カタリゴトが信仰から離れて社会的に普及性をもち、好奇心の慰みとなるところにモノガタリの発生を考えるが、物語の源流をカタリゴトに求める三谷論は、のちに藤井貞和氏によって批判された。また、主人公の性格に注目して、複線的な愛情を持つ「光源氏型」と単線的純一な愛情を保つ「薫大将型」があることを指摘し、『源氏物語』内部の人物像の推移と物語文学史の展開が重なり合っていることも論じている。（東）

岡一男『源氏物語の基礎的研究』（一九五四年、東京堂出版）

紫式部の伝記研究や、その生涯と『紫式部日記』・『紫式部集』・『源氏物語』との関わりなどについての考察を含む著書。諸作品の叙述や諸史料を丹念に拾いながら、紫式部の人物像に迫る。『源氏物語』の中に、受領階級出身の女性であった紫式部ならではの思想や人生観などを読み取る研究は、今に至るまで脈々と受け継がれているが、そうした考察の基礎となるような研究。伝記研究が進展していく途上のなまなましい努力の跡に触れることができるのも刺激的であろう。増訂版（一九六六）がある。（室田）

阿部秋生『源氏物語研究序説』（一九五九年、東京大学出版会）

明石の君に関する物語を丹念に調査し、『源氏物語』の構造を探った古典的名著。光源氏の物語に貴種流離譚の型が認められること、明石の入道や明石の君の人物造型に当時の歴史的状況が反映されていることなどを明らかにした。学界を成立論の次の段階に導いた書物として、研究史にしめる位置は極めて大きい。かなりの大著でしかも何十年も前に書かれた著作であるため、なかなか読みづらいと思うが、苦労して読む価値は充分にある。ひとつの章だけでもよいので挑戦してみよう。（東）

秋山虔『源氏物語の世界』（一九六四年、東京大学出版会）

源氏物語研究を名実ともに主導してきた秋山氏の論文集。『源氏物語』を具体的に論じる「Ⅱ源氏物語における人間造型の方法」には作中人物の名が並べられているが、これをいわゆる人物論と考えてはならない。秋山氏のねらいは、人物の描かれ方の分析を通して物語の方法を論じることにある。なかでも、第二部の文体を論じる若菜論はその後の学界に大きな影響を与えた。『源氏物語』（一九六八年、岩波新書）や『王朝の文学空間』（一九八四年、東京大学出版会）など、秋山氏の他の著作もぜひ読んでおきたい。（東）

玉上琢彌『源氏物語研究』（一九六五年、角川書店）

平安時代の「物語」が、元来、物語絵を眺めながら、女房の読み聞かせるのを聞く形式で楽しむようなものであった、とする「物語音読論」や、そうした「物語」というジャンルの盛行と屏風絵を見ながら歌を詠む「屏風歌」流行との関係、等々、アイデアに富む諸論考を収める。今日、より実証的には否定されたり留保されたりする見地も含まれてはいるが、「物語」という形式への興味に裏づけられた氏の問題提起は今なお示唆的であろう。のちの源氏研究・物語研究に多大な影響を与えた諸論考である。（室田）

益田勝実『火山列島の思想』（一九六八年、筑摩書房）

日本的古代支配と、そのもとで生じた日本的精神を論じる名著。論じる対象は古代から中世にかけて幅広い。様々な文献から問題を抽出し、資料をもとにそれを考証していく手つきは、読んでいて快感。『源氏物語』を直接に論じるのは「日知りの裔の物語」と「心の極北」の二つだけだが、それ以外の論文を読まずにおいておくのは勿体ない。ちくま学芸文庫『益田勝実の仕事2』に再録されており、そこには平安文学を扱った他の論文も加えられている。文庫に加えられた論文も、ぜひとも読んでおきたいものばかりである。（東）

根来司『平安女流文学の文章の研究』・同『続編』（一九六九年、続編一九七三年、笠間書院）

当時盛んになっていた文体論を、国語学の立場から刺激するような役割を担った諸論考が収められている。『源氏物語』・『紫式部日記』・『枕草子』

等の文体の特徴や差異を割り出そうとする試みは現在も興味深いであろうし、後掲清水氏の著書などを読む際、併せて読んでみると当時の研究状況がつかみやすいだろう。『源氏物語』の文体がとりわけ「雅言性」に富み、洗練された文体であるという指摘など、清水氏と共通する。物語の敬語法についても、後年の諸論考と併せ、一つの見地を学ぶことができる。（室田）

藤井貞和『源氏物語の始原と現在』（一九七二年、三一書房）

詩人としても有名な藤井氏が若き日にまとめた論文集。物語が発生するところ、『源氏物語』が『源氏物語』としてかたちづくられていく過程、そしてそこで前面に押し出されていく物語の主題を執拗に探る。決して理解しやすい文章ではないが、それでも読み進めていくと、草子地は作家の「最大の隠れ処、作家のついに見えなくなる一点である」といった、はっとさせられる文言に出会える。藤井氏も自信があるという宇治十帖論「王権・救済・沈黙」、あるいは「物語の発生する機制」あたりから読み始めるのが読みやすいか。一九八〇年、数本の加除を施し、冬樹社から「定本」として刊行。一九九〇年、砂子屋書房からディヴィニタス叢書3として再刊。（東）

清水好子『源氏物語の文体と方法』（一九八〇年、東京大学出版会）

玉上琢彌氏のような、「物語」という形式への興味を受け継ぎながら、語り手の語り方や語り手と登場人物たちとの距離などに注目し、物語の場面の魅力を細やかに読み解く。私たちが同じ平安時代の建築物の中で登場人物たちの動静を追っているかのような、繊細で新鮮なイメージを立ち上げてくれる。玉上氏の「物語音読論」等が物語の歴史的実態と必ずしも合わないものであろうことは今日よくいわれることだが、そのアイデアを文体論的に有効に抜き出し応用した論考という感が

ある。（室田）

渡辺実『平安朝文章史』（一九八一年、東京大学出版会）

著名な文法学者が試みた、「文章」の平安朝文学史。ひとくちに平安朝の仮名文と言っても、その特徴は個々の作品で全く異なる。それぞれの作者が、それぞれの作品で、どのような内容をどのようにして文章にしていったのか。文章の奥に作者の姿を探る。初めから順に読み進め、「文章史」の流れを体感するのが望ましい。他の箇所を参照することで、個々の節を読むだけでは見えにくい問題も明らかになり、渡辺氏の論考をより立体的に捉えることが可能となる。のちに「ちくま学芸文庫」に収録。（東）

秋山虔・池田弥三郎・清水好子『源氏物語を読む』（一九八二年、筑摩書房）

東大の秋山氏、慶応の池田氏、そして京大出身の清水氏。個性的な三人によって行われた鼎談をまとめた書物。秋山氏が鋭い問題提起をして深い解釈を示してみせたかと思うと、折口民俗学を継承する池田氏からは興味深い話が紹介され、そこに「小説読み」清水氏の熟達された玄人の読みが加わる。三人の話は尽きることなく、話題は普段論文で扱わないようなことにまで及ぶ。『源氏物語』を読むことの面白さをわかりやすく伝えてくれる一冊である。（東）

高橋亨『源氏物語の対位法』（一九八二年、東京大学出版会）

八十年代の学界をリードした著書。『源氏物語』の引用表現や歌ことば、その他さまざまな叙述を縦横に読み合わせながら、主題論的にはすくいにくいような『源氏物語』の魅力を探り取る。作中の豊富な引用や話型的類型的な要素に関する一つの見方を学ぶことができる。表現それ自体が物語の筋を動かしていく力をはらむと考える発想、またそうした発想の上に、たとえば夕霧・紫上の密通を可能性として予感させる「可能態の物語」を考える着眼など、この著書の真骨頂といえよう。

（室田）

野口武彦『源氏物語を江戸から読む』

（一九八五年、講談社）

ある作品の享受史を眺め見ることは、作品本文それ自体の注釈作業に没頭するだけでは得られない新しい作品観に気づかせてくれたり、「現代と違うこんな読み方があるんだ」とはっとさせてくれたりすることがある。この著書では、近世の『源氏物語』享受が持っていて近代が失ったもの、という問題提起も、玩味あるものであろう。好色の物語として『源氏物語』をとらえる観点、萩原広道の作品本文へのアプローチの仕方、等々、『源氏物語』への興味と同時に江戸時代という時代への興味も喚起してくれる内容となっている。のちに「講談社学術文庫」に収録。

（室田）

三谷邦明『入門　源氏物語』

（一九九七年、筑摩書房）

『源氏物語』を読むための方法を初学者に説く入門書。「方法」とは「関連づけること」と三谷氏は言うが、その関連づけの実践が本書でなされている。なかには三谷氏一流の刺激的な読みも見られるので、すべてを鵜呑みにしないよう注意。様々な問題が扱われるなか、三谷氏が一貫して関心を抱くのが「語り」の問題である。地の文・心内語・草子地、さらにはうつり詞といった問題に、三谷氏は「自由間接言説」「自由直接言説」を加えて発展させる。「あとがき」にその紹介があり、氏の考え方を理解するのに至便である。一九九一年、『源氏物語躾糸』として有精堂より刊行されたものの改題、文庫化（「ちくま学芸文庫」）。

（東）

中山真彦『物語構造論』（一九九五年、岩波書店）

『源氏物語』とそのフランス語訳との比較を通じて、『源氏物語』原文の文体や語り方がもつ特性を際立たせ、作品原文の魅力の究明にまでも及ぶその手際は見事である。読者もまた、氏の考察を辿ることによって、いつもとは一味違った新鮮さでもって作中人物たちの「わが」心の「声」を聞き、また「出来事の物語」とは異なる作品原文が持つ語りの力への意識を研ぎ澄ますことができよう。「視点」や「話法」といった所謂「輸入」された概念についても、源氏研究における有効性を上記の比較から問う。（室田）

今西祐一郎『源氏物語覚書』（一九九八年、岩波書店）

「ことば」の分析を通して作品に大きく切り込む、「文献学的手法」によって書かれた源氏物語論。今西氏のそれは単なる用例主義ではなく、独創的で確かな読みに支えられている。本書を読んだ後は、「おそろし」「おほけなし」「宿世」といったことばが以前とは違って見えてくるだろう。光源氏と藤壺の密通を論じる初めの三章、「上の品」と「中の品」、紫上系と玉鬘系の問題を扱う次の三章、そして『源氏物語』で「死」がいかに描かれているかを論じる「哀傷と死」は必読。本書に収録されていないが、「寡産の思想」（『文学』一九七三年八月）や「反農耕の思想」（『文学』一九七五年十二月）にも目を通しておきたい。（東）

鈴木日出男『源氏物語虚構論』（二〇〇三年、東京大学出版会）

『源氏物語』という作品の魅力を、光源氏という希代の主人公像の創造から探るという研究方法がある。この著書でも、光源氏という主人公について、〈いろごのみ〉という思想を鍵に、その魅力をより古代的な世界の中に眺め、また晩年の所謂第二部の物語においては愛執の忌避という思想がそれと対を成すものとして表れる、という点をとらえ、現実の人間にはあり得ない規模の物語となり得たこの作品の機微を探っている。多数の人々と共感しあう関係を作り出すこの主人公の魅力に迫った大著。

（室田）

教室で源氏物語を読むということ
—あとがきに代えて—

土方洋一

大学に入った年の春、ぶらっと入った古本屋さんで、偶然岩波文庫本の『源氏物語』を見つけました。六冊で六百円ぐらいだったでしょうか。

それまでは、高校の古文の時間に桐壺巻とか夕顔巻とかを部分的に習っただけでしたが、「面白いな」と思った記憶があったので、大学生になって時間もできたことだし、長い作品をじっくり読んでみたいと思い、考えた末に購入して、桐壺巻から順に読み始めました。まだ文学部の国文科に進学することも決めておらず（僕が入った大学では、一、二年次は教養学部の所属でした）、ましてや将来平安文学を研究するようになるとは夢にも思っていなかった頃のことです。

岩波文庫本は、簡単な注がついているだけで、現代語訳も何もついていないテキストですが、主語や目的語が補ってあるので、文脈をたどることはそう困難ではありませんでした。もちろんわからないところはいっぱいありましたが、勝手に意味を想像しながらどんどん読み進めていきました。間違って理解しているところも多かったはずですが、そんないい加減な読み方でも、とても面白かったのを憶えています。

『源氏物語』との個人的な出会いについてお話ししてしまいましたが、文学作品というものは、もともとこんなふうに、一人で自由に読むものだと思います。自分一人の楽しみとして読んでいる時には、どんな読み方をするのも自由だし、ひとりよがりな読み方だったとしても、誰からも文句を言われるすじあいはありません。

しかし、教室で一つのテキストを大勢で読むということになると、一人で読書をする場合とは勝手が違ってきます。発言を求められても、自分の解釈に自信が持てないし、自分の発言が他の人にどう受け止められるかもわからない。いろいろなことが気になって、何となく緊張したり、気後れしたりして、声を出しにくいかもしれません。

でも、みんなで読む時には、黙って考えこんでいないで、とりあえず何か言ってみることが大切です。簡単な質問でも感想でも、何でもいいのです。そして、誰かが何か言ったら、必ず反応すること。

授業だからといって、身がまえる必要はありません。友だちとおしゃべりしているような感覚でいいのです。喫茶店でお互いの恋愛観について雑談しているような自由な感覚でやりとりしたって、決して悪くはありません。

じゃ、ゼミって雑談なの？ そこはちょっと違うかな。

身がまえる必要はないといいましたが、学びの場である以上、ただの暇つぶしとは違う何かをそこから得ようとする心構えは必要かもしれません。

リラックスして自由に発言すればいいのですが、やりとりの過程で、図らずも真剣な気持ちになる瞬間があるはずです。注釈書の説明が絶対間違っていると感じたり、誰かが言ったことが自分にとってとても切実な問題であったり、思わず「ん？」と背筋が伸びるような気持ちになる瞬間がきっとあります。

そういう気持ちがぴっとなった瞬間というのは、大げさにいうと、その人のそれまでの人生、言語体験のすべてに照らして、心の中で何かが真剣に反応している瞬間なのです。『源氏物語』という作品には、読み手の心の奥底にあるそういう大事な何かを引き出してくる力があります。心の中で何かが真剣に反応したら、素直にそれを口に出し、みんなに聴いてもらう、そういう本気の発言は、また聴いている他の人の本気を引き出します。それがゼミの醍醐味ではないかと思うのです。

最近の学生諸君を見ていると、意見が対立することを無意識に避けようとする傾向があるような気がしますが、異なる意見が出てくるからこそゼミは面白いのです。誰の意見かは問題ではありません。いろいろな角度から光をあててみて、異なるいろいろな考え方が提示され、それが〈素材〉となって、議論が始まるのです。

たとえばある箇所の解釈について、Aという意見が出たとします。それに対して、Bという異なる意見が出てきます。AとBとは一見対立する読み方のように見えるので、A派とB派とに分かれて、一時はディベート風に議論が進行する。ところが、それまで黙って考えていた人が、全然違う発想でCという意見を口にした。Cのような発想を知ってみると、AとBとは必ずしも対立する読み方ではなく、むしろ共通する枠組みの中での発想で、実はその外側へ出る読み方があり得るということが見えてくる。そんなふうに進行するのは、一つの理想的な議論の形です。

みんなで議論することの目的は、「唯一の正解」を見つけ出すことではありません。議論がジグザグに進行する過程を通して、異なる視点から見れば物事はちがってみえるのだということを学び、お互いの読み方や価値観が相対化されていくのを体験すること、それこそが、自分一人で読んだり考えたりしているだけでは知ることのできない、大切な〈知〉の体験なのだと思います。

文学作品の読み方には、誰でも自分流の個性や癖があって、自分の読みの枠組みの外へ出ることは、一人ではなかなかできません。でもみんなで、ああでもないこうでもない、と言い合っていると、ある瞬間、いつのまにか自分の発想の殻から自由になっていることに気がつきます。そしてその時、同じように自由な世界に飛び出した仲間が傍らにいます。ゼミというのはそういう空間です。

これは、想像で言っているのではありません。僕自身が一人の読み手としてゼミに参加していて、これまでにさんざん経験してきたことです。僕は教師ですから、一応こう解釈すべきだろうという「正解」らしきものを持って教室に行きますが、学生諸君の議論に参加していて、その「正解」が見事に相対化されてしまったという経験を数えきれないほどしてきました。「ああ、そういう読み方もできるのか。僕の読み方には柔軟さがたりなかった」と反省させられるのは、本当にわくわくするような体験でした。

もちろん、議論は生ものですから、毎回毎回有意義な話し合いになるとは限りません。でも、いろいろな意見や疑問が飛び交い、話し合いを通して読み方がどんどん深まっていくような時間を一度でも共有した学生は、ゼミが終わったあと、みんなこう言ってくれます。「楽しかったあ！」と。

大学のゼミで『源氏物語』を読む際に傍らに置いておくと便利なツールであることを目指して、僕たちはこの本を作りました。

しかし本当は、別に大学の教室でなくても、場所はどこでもかまわないのです。『源氏物語』を手にして仲間が集まり、一緒に心を傾けて読み、真剣に話し合おうとするならば、どんな場所でもそこは教室です。

「仲間と一緒に『源氏物語』を読む」という体験を楽しむために、このささやかな本が少しでも役に立つようなら、僕たちにとってこんなにうれしいことはありません。

執筆者紹介

高田祐彦（たかだ・ひろひこ）
青山学院大学教授。古都の町並みを歩くのが好きである。平安貴族の高度な文化を知れば知るほど、その中で生きていた貴族たちの苦労を思ってしまう、庶民派の平安文学研究者。

土方洋一（ひじかた・よういち）
青山学院大学教授。音楽（クラシック、ジャズ）をこよなく愛する平安文学研究者。ファッションにはまったく興味がないので、『源氏物語』の中でも装束描写の部分を読むのは苦手。

杉村千亜希（すぎむら・ちあき）
青山学院大学大学院博士後期課程。東海大学付属相模高校講師。

東　俊也（あずま・としや）
武蔵高等学校中学校教諭。

室田知香（むろた・ちか）
東京大学大学院博士課程。

仲間と読む 源氏物語ゼミナール

二〇〇八年六月二〇日　初版第一刷発行
著　者　高田祐彦
　　　　土方洋一
発行者　大貫祥子
発行所　株式会社青簡舎
〒一〇一-〇〇五一
東京都千代田区神田神保町一-二七
電　話　〇三-五二一八三-二二六七
振　替　〇〇一七〇-九-四六五四五二
印刷・製本　富士リプロ株式会社

ISBN978-4-903996-06-6　C1093